사로잡힌 육체

친구의 여자

친구의 여자~사로잡힌 육체~

초판 1쇄 찍은 날 | 2014년 6월 1일
초판 1쇄 펴낸 날 | 2014년 6월 10일

지은이 | 나이토 미카
그린이 | 사에키 포테리
옮긴이 | 김채환
펴낸이 | 예경원

편집책임 | 박우진
편집 | 오아현

펴낸곳 | 예원북스
등록번호 | 제396-2012-000132호
등록일자 | 2012. 7. 25
YRN | 제3-0004호

주소 | 경기도 고양시 일산동구 무궁화로 8-28 삼성메르헨하우스 712호 (우) 410-837
전화 | 031-819-9431 팩스 | 031-817-9432
http://blog.naver.com/ainandfin
E-mail | ainandfin@naver.com

ISBN 979-11-5630-858-4 02830

AIN PREMIUM SERIES

나이토 미카 글 — 사에키 포테리 그림 — 김채환 옮김

사로잡힌 육체

친구의 여자

*이 이야기는 픽션으로, 이야기에 등장하는 인물·단체·사건은 현실과는 무관합니다.

CONTENTS

1화
둘만의 비밀

케이타는 오늘도 아무것도 먹지 않은 게 분명하다.

어두컴컴한 방에 들어가자, 담요에 몸을 둘둘 말고 앉아 DVD에 빠져 있는 그의 모습이 시야에 들어왔다.

"뭐 좀 먹었어?"

그는 고개를 가로저었다.

그의 집을 드나들게 된 지 반년.

케이타는 배우이고 나는 그가 소속된 연예 기획사 직원이자 그의 매니저이기도 하다.

소속 배우와 교제하는 건 물론 금지되어 있다.

그럼에도 불구하고 마음을 억누를 수 없었다.

케이타는 커다란 눈망울이 트레이드 마크인, 흔히 말하는 꽃미남 배우다.

패션 잡지에서 개최한 꽃미남 콘테스트에서 그랑프리를 거머쥔 그는 자연스레 연예계에 입문했다.

길을 걸으면 누구나 한 번은 돌아볼 만한 외모의 그는 데뷔 후 주목을 받으며 승승장구했다.

그도 처음 하는 연예계 일에 흥미와 의욕을 가지고 전념했다.

하지만 데뷔한 지 오 년.

그는 이미 하향세로 접어들었다.

나는 그의 옆자리에 앉아 사들고 온 음식물을 탁자 위에 올려놓았다.

빵, 치즈, 와인.

그가 좋아하는 것들이다.

케이타는 영화를 보며 그것들을 입에 넣었다. 화면을 보니 멜로 영화가 한창이다.

"저렇게 끈적거리는 영화에 나가보고 싶어."

여전히 브라운관에서 시선을 떼지 않은 채 그가 중얼거렸다.

"그럼 다음에 영화 오디션 볼래?"

영화에서 베드신이 시작되었다.

남자 주인공과 여자 주인공이 알몸이 되어 하나로 얽히는 모습을 케이타는 눈 하나 깜짝 하지 않고 집중해서 보았다.

한창 때의 남자라면 조금 동요하는 표정이라도 지을 텐데,

이럴 때는 정말 배우라는 생각이 든다.

하지만 조금 우려가 됐다.

"저렇게 격정적인 신을 케이타가 과연 해낼 수 있을까……?"

여태 제대로 된 키스신조차 해본 적이 없건만.

"당연하지. 늘 하고 있잖아."

그는 내 어깨를 잡아당겨 입을 맞추었다.

"음……."

그의 키스에서 와인 맛이 났다.

케이타가 내 몸을 누르고는 하나하나 옷을 벗겨냈다.

"저 영화처럼 해보자."

그가 내 눈을 가만히 내려다보았다.

영화에서는 남자배우가 히로인의 하복부에 머리를 묻고 있었다.

"이러지 마……. 아직 샤워도 안 했는데……."

거부하는 내 몸에서 단박에 속옷을 끌어내린 그는 가랑이 쪽으로 다시 얼굴을 가져갔다.

뜨겁게 젖은 혀가 민감한 부분에 닿았다.

"아…… 케이타, 앗… 이러지 마……!"

본능에 이끌린 내 입에서 달콤한 소리가 새어나왔다.

"아카리 냄새는 참 맛있어……."

케이타의 혀가 빙글빙글 돌며 꽃잎 전체를 촉촉하게 적셨다.

"하아앗……!"

나는 눈을 감고 온몸으로 퍼져 나가는 쾌감에 순응했다.

"더 크게 소리 내도 괜찮아. 내가 절정으로 보내줄게."

케이타가 뜨겁게 재촉하며 손가락을 비밀의 계곡 사이에 찔러 넣었다.

여주인공이 간드러지는 소리를 질렀다.

"어떡해, 못 참겠어……!"

질퍽이는 음란한 소리가 텔레비전 스피커에서도, 그의 손가락이 바쁘게 드나드는 곳에서도 생생하게 들렸다.

"아아앗……!"

케이타의 손가락이 속도를 더했다.

동굴 안에서 꿈틀꿈틀거리며 벽을 자극하고 허리를 뒤틀리게 만들었다.

"하아앙……!"

머릿속이 새하얗게 변했다.

"케이타…… 나…… 못 참겠어……!"

허리에서 파르르 경련이 일어났다.

황홀경에 젖어 머리가 멍해진 내 몸 위로 케이타가 몸을 겹쳐왔다.

"저거 봐. 저쪽은 벌써 본격적으로 시작했어."

여주인공 몸 위에 올라탄 남주인공이 허리를 과감하게 움직이는 모습이 보였다.

"아…… 케이타……."

계곡 안으로 뜨거운 것이 비집고 들어왔다.

"앗……!"

이어 케이타의 허리가 리드미컬하게 움직이기 시작했고 나는 그의 등 뒤로 양팔을 둘렀다.

"푸욱 젖었어……."

환희에 젖은 케이타가 내 몸속에서 자유롭게 헤엄쳤다.

"너무 좋아……."

변명처럼 중얼대면서 열락의 숨을 뱉어낸다.

그는 얄미울 만큼 능숙하게 내 몸속을 휘저었다.

격정이 소리가 되어 터져 나왔다.

"저 여자처럼 해봐."

두 배우의 체위가 어느덧 후배위로 바뀌어 있었다. 여주인공이 황홀한 표정으로 엉덩이를 상대의 움직임에 맞춰 흔들어대는 장면이 클로즈업됐다.

내가 여주인공처럼 엉덩이를 케이타에게 향하자 그는 도톰한 엉덩이를 한껏 움켜쥐었다.

"간다……."

그의 것이 지체없이 찔러 들어왔다.

"아앗……!"

남주인공이 여주인공의 엉덩이를 찰싹 때렸다. 내 엉덩이에서도 같은 소리가 났다.

"앗…… 아악……!"

바로 옆에서 다른 커플이 사랑을 나누는 것만 같아 평소보다 몇 배는 더 자극적이었다.

"좋다…… 아카리……."

그가 속삭이며 다시 공격해 들어왔다.

"나도 너무 좋아……."

케이타와 한 몸이 된 느낌이 더할 수 없이 좋았다. 나는 리듬에 맞춰 몸을 움직였다.

"아카리…… 최고야……!"

"케이타……!"

폭풍 같은 행위가 끝나고, 우리는 소파 위에서 함께 담요를 덮고 숨을 골랐다.

오늘 밤에도 우린 이대로 잠들겠지.

"베드신 해보고 싶어."

케이타가 아까 했던 말을 다시 꺼냈다.

"케이타가 다른 사람이랑 베드신 하는 걸 나더러 보란 말이야?"

나는 그의 몸에 내 몸을 더욱 밀착했다.

요즘 들어 끼니를 잘 챙겨먹지 않는 탓에 그는 눈에 띄게 수척해졌다.

"베드신쯤은 해야 앞으로 일이 들어오지."

그의 말에 나는 할 말이 없었다.

올해 들어 그에게는 거의 일이 들어오지 않았다. 딱 한 번 인터넷 생방송에 출연한 적이 있을 뿐인데다 그마저도 노개런티였다.

"뭐든 할 거야. 베드신이든 뭐든. 이대로 끝나지는 않을 거라고."

"알았어……. 영화 쪽에 맞는 배역이 있는지 찾아볼게. 하

지만 그 전에."

나는 아직도 열기가 느껴지는 그의 쇄골을 손가락으로 쓸어 올리며 말을 이었다.

"좀 더 제대로 먹어야 해. 카메라 앞에서 옷을 벗으려면 근육 트레이닝도 해야 하고."

"알았어. 제때 챙겨먹을게."

순순히 대답은 하지만 그는 또 끼니를 거를 거것이다.

일이 없는 터라 그는 소속사로부터 월급을 받지 못하고 있다. 생활은 날이 갈수록 궁색해졌고 최근엔 식사까지 부실해졌다.

짭짤한 일을 물어다주고 싶은 마음이야 굴뚝같지만 여의치가 않다.

잘생긴 배우들이 끝없이 치고 들어오는데다 운도 따라주지 않았다.

더구나 내가 담당하고 있는 배우는 케이타 말고도 열 명이나 되는 터라 오롯이 그에게만 집중할 수도 없는 노릇이었다.

"나도 이젠 큰 역할을 맡을 때가 됐잖아."

케이타의 꿈은 원대했다.

어느덧 길게 자란 갈색 머리카락을 쓸어 올리며 그가 낮게 중얼거렸다.

"이름 있는 감독이 찍는 영화에 출연해서 무대인사 해보는 게 소원이야."

벌써 스물다섯이나 됐으니 유망한 작품에 출연하고 싶다. 케이타는 입버릇처럼 그렇게 말했다. 그러나 그는 오디션을 보는 족족 고배를 마셨다.

좀처럼 일은 들어오지 않았고 시간이 갈수록 케이타는 초췌해져 갔다. 나는 나대로 그에 대한 마음이 이렇게나 애틋한데도 해줄 수 있는 게 아무것도 없다는 현실에서 달아나고 싶었다.

"내일 단체미팅 나간다며?"

그가 생각지도 못했던 말을 꺼냈다.

"……그걸 어떻게 알아?"

"오늘 사무실 갔더니 하야시 씨가 그러더라. 내일 단체미팅 나간다고 신났던데."

"…가자고 하도 조르기에 별 수 없이……."

케이타 몰래 나갈 작정이었는데.

그의 말대로 내일은 장래가 촉망된다는 경제 연구소 직원들과 미팅이 잡혀 있다.

"좋은 남자 물어."

케이타가 놀리듯 말했다.

"케이타보다 좋은 남자는 없어……."

"왜, 나보다 돈 잘 버는 놈은 얼마든지 있을 텐데."

미팅에 나가겠다는데도 그는 날 만류하지 않았다.

다음 날 나는 경제 연구원들로 구성된 미팅에 참가했다.

롯폰기에 위치한 세련된 칵테일 바에는 명품 슈트를 빼입은 젊은 남자들이 가득했다.

다들 즐거워 보였지만 내내 케이타 생각이 머리에서 떠나지 않는 통에 나 혼자 마음이 불편했다.

한참 후, 나는 나 외에도 무리 끝에 앉아 대화에서 벗어나 있는 이가 한 사람 더 있다는 것을 깨달았다.

날카롭게 올라간 눈썹, 가늘고 긴 눈.

동양적인 매력을 풍기는 남자다

이름이 도미타 카즈키(富田カズキ)라고 했지, 아마…….

나는 그에게 넌지시 말을 붙여보았다.

"무슨 고민이라도 있어요?"

"별로……. 다들 애쓴다 싶어서 보고 있었을 뿐이야."

"……애쓴다고?"

"저렇게들 여자에 굶주렸나."

카즈키는 예리한 눈빛으로 심드렁하게 말했다.

"카즈키 씨는 여자친구 있나 보지?"

나는 말을 놓고 가볍게 물었다.

"여친? 없어. 특정 여친은 안 만드는 주의야."

"왜?"

"귀찮아서."

그는 비뚜름히 대답하고는 큰 하품을 쏟아냈다.

"그쪽은 남자 있지? 그래서 이따위 미팅은 될 대로 되라는 거고?"

"어, 어떻게 그걸……."

"보면 알지. 어젯밤에도 화끈하게 한 것 같은데?"

얼굴이 후끈 달아올랐다.

"넘겨짚지 마."

"넘겨짚은 거 아닌데. 눈동자가 촉촉하게 젖어 있는데다 묘하게 멍하거든. 그런 사람은 십중팔구 간밤에 뜨거운 시간을 보내고 왔다는 뜻이지. 내 눈은 못 속여."

"흥……. 연구원이라더니 별걸 다 아네."

"그런 건 여자를 잘 살펴보면 얼마든지 알 수 있어."

카즈키는 자리에서 일어났다.

"아쉽지만 난 내일까지 보고서를 작성해야 해서 먼저 가봐야겠어."

나는 그 말을 끝으로 휑하니 사라지는 그의 뒷모습을 황당한 눈으로 응시했다.

"뭐야, 저 사람. 별꼴이야."

여자를 물건처럼 관찰하는 눈빛이었다. 얼마나 높은 연봉을 받는지는 몰라도 저런 남자는 노땡큐다.

"미안해. 카즈키가 좀 사차원이거든."

미팅에 참가한 다른 남자가 면목 없다는 투로 말했다.

그 후 며칠간 나는 이사 준비를 하느라 분주한 나날을 보냈다.

솔직한 마음으론 케이타가 도와주기를 바랐다. 그는 사정이 되면 오겠다고 하더니 도와주러 오기는커녕 연락도 되지 않았다. 오늘은 동료 배우와 약속이 있다고 했었으니 슬슬 단념해야 하나 보다. 그의 도움을 바라다니, 꿈도 야무졌다.

그나저나 이 상태로는 이삿날인 내일까지 어림도 없어 보인다.

나는 급한 마음에 심부름센터에 전화를 걸었다.

"죄송한데요, 지금 당장 사람 좀 보내줄 수 있나요? 내일 당장 이사 가야 하는데 짐을 여태 못 싸서요…….."

돌아온 대답은…….

『오늘은 비는 직원이 없습니다.』

눈앞이 캄캄해졌다.

『혹시 괜찮으시면 저희 사무실에 소속된 출장 호스트 직원이라도 보내 드릴까요?』

"네……? 출장 호스트요……?!"

설명을 들어보니 출장 호스트라고 꼭 데이트만 하는 건 아니고, 필요에 따라 이사 도우미는 물론 반려동물을 돌봐주는 등 일의 종류를 크게 따지지 않는 모양이었다.

『요금이 조금 비싸긴 한데, 급하시면 그렇게라도…….』

"그럼 부탁드릴게요!"

전화를 끊고 다시 케이타에게 연락해 보았지만 여전히 불통이었다.

한 시간도 되지 않아 현관 벨이 울렸다.

인터폰 스크린 너머로 양복을 차려입은 남자가 서 있는 게 보였다.

두근거리는 마음을 애써 가라앉히고 문을 연 순간—

나는 내 눈을 의심했다.

"어, 어쩐 일로……?!"

그는 얼마 전 미팅에서 만난 도미타 카즈키였다.

"어쩐 일이냐니? 댁이 불렀잖아."

카즈키의 입에 옅은 미소가 길렸다.

"이제 봤더니 꽤 굶주렸나 봐? 출장 호스트까지 부르고……."

그는 집 안으로 성큼 들어왔다.

"그런 게 아니라……. 아니, 난 이삿짐을 싸줄 사람을 요청했단 말이야!"

"뻔한 거짓말 안 해도 돼."

카즈키는 몸을 홱 돌리더니 나를 번쩍 안아 올렸다.

"뭐, 뭐하는 거야? 내려줘!"

"왜? 할 거 해야지."

그는 나를 안고 침대로 걸어갔다.

"당신 뭐야? 경제 연구소 직원이라고 사기 친 거야?"

충격에 빠진 나를 침대 위에 내려놓고 그는 내 몸 위로 상반신을 기댔다.

"아니, 그건 사실이야. 낮엔 성실하고 평범한 샐러리맨이고."

카즈키와 내 몸이 나란히 겹쳐졌다.

"밤엔… 이렇게 가끔 출장 호스트 알바를 뛰고 있지. 내 연구 테마가 심야경제거든. 이래 봬도 이게 다 연구 활동의 일환이야."

블라우스 위로 카즈키가 내 가슴을 그러쥐었다.

"생각보다 가슴이 크네."

블라우스 단추가 풀어지며 브래지어 속으로 그의 손이 파고 들어왔다.

"안 돼. 케이타, 도와줘!"

비명을 지른 순간, 거짓말처럼 휴대전화 벨소리가 울렸다. 케이타였다.

"케이타……!"

『아까 전화했어? 무슨 일인데?』

"내일 이사한다고 했잖아! 좀 도와줘."

『……어쩌지? 지금 친구랑 같이 있어. 조금 더 걸릴 거 같은데.』

"그래……."

그 순간, 조그만 재채기 소리가 들렸다.

어린 여자애 소리……

내가 그렇게 도와달라고 했는데도 케이타는 이 한밤중에 다른 여자랑 희희낙락거리고 있다니.

'동료 만난다고 하더니!'

『미안. 친구가 기다려서 가봐야겠어.』

'케이타, 누구랑 뭘 하고 있는 거야?'

망연자실한 내 얼굴을 카즈키가 말없이 지켜보고 있었다.

2화
달콤하고 안타까운 복수

『미안한데, 친구한테 가봐야겠어. 도와주지 못해 미안해.』

케이타는 그 말을 끝으로 전화를 끊었다.

전화가 끊어지기 직전, 누군가의 목소리가 전화선을 타고 내 귀에 닿았다.

『케이타, 누구야?』

젊은 여자의 애교 섞인 음성이었다.

"……왜, 왕자님이 도와주러 안 온대?"

카즈키가 동정 어린 눈빛으로 나를 내려다보았다.

"남자친구 같던데. 진짜로 안 오는 거야?"

"……바쁘대."

"흐음."

카즈키의 손가락이 브래지어 안으로 진입했다.

"아… 하지 마……!"

몸을 움직여 그의 손을 피하려 했으나 그는 커다란 손바닥으로 내 가슴을 덮어버렸다.

"여친이 이 꼴에 처한 것도 모르고 희희낙락이라니. 몹쓸 남친이로군."

그가 젖가슴의 꼭짓점을 쥐었다.

"아… 제발 그만해……."

내가 생각해도 그 저항에는 힘이라곤 없었다.

"싫어. 가슴의 볼륨이 썩 마음에 들거든."

젖무덤을 조물거리는 그의 손에 리듬이 실렸다.

그는 손가락으로 젖꼭지를 살짝 잡았다.

"아얏……!"

나는 다리를 버둥거리며 온 힘을 다해 저항했다.

침대가 출렁거리는 바람에 탁자를 장식하고 있던 액자가 뒤로 넘어갔다.

"어? 이건……."

카즈키가 눈을 빛내며 액자를 집어 들었다.

"……보지 마!"

이미 늦었다.

액자 속에서, 나와 케이타가 다정하게 소파에 앉아 환하게 미소 짓고 있었다.

케이타는 내 어깨에 팔을 두르고 입을 맞추고 있고 나는 그의 어깨에 기대 행복한 미소를 머금고 있는 사진이었다.

디지털카메라에 타이머를 맞추고 찍은 사진 속에서만큼은

우리 두 사람도 남부럽지 않게 행복한 연인이었다.

"이거 케이타잖아. 뭐야, 케이타랑 사귀는 사이였어?"

"⋯⋯케이타를 알아?!"

"어릴 적 친구야. 아하, 어쩐지 목소리가 귀에 익다 했더니. 그럼 당신은 케이타의 소속사 직원인가?"

그는 우리 사이를 눈치채고는 씁쓸하게 웃었다.

"이봐, 케이타랑 사귀는 거 맞지?"

"⋯⋯아니야."

등줄기가 서늘해졌다.

"나는 케이타의 매니저일 뿐이야."

"그냥 매니저인 것치고는 꽤 친해 보이는데. 이건 아무리 봐도 남녀 사이야."

카즈키의 눈은 예리했다.

"매니저가 소속 배우한테 손을 댄 거로구만."

"그쪽은 내 이사를 도우러 온 사람이야. 남의 사생활에는 관심 꺼. 멋대로 소설 쓰지 말고."

"그래도 부정하진 않네. 역시 사귀는 게 맞았어."

"당신하고 이런 얘기 하고 싶지 않아."

"아까 그 전화, 케이타한테 온 거 맞지?"

"아니라니까."

전화가 케이타한테서 온 것도 맞고, 우리가 깊은 사이라는 것도 맞다.

그러나 출장 호스트에 불과한 그에게 모든 사실을 실토할 이유는 없다.

그와 케이타가 어릴 적 친구였는지 불구대천의 원수인지 알 게 뭔가.

"어서 일어나 해. 아침에 트럭 올 거야."

"걱정 마셔. 짐을 보아하니 별로 걸리지도 않겠는걸."

카즈키는 여유롭게 대꾸하며 나를 다시 침대 위로 밀었다.

"아까 하던 거나 계속하자고."

카즈키가 블라우스를 확 들어 올렸다.

앗 하는 사이 브래지어가 고스란히 드러났다.

"하, 하지 말라니까. 저리 가!"

힘껏 외치며 그의 팔을 떨쳐내려 했지만, 그는 요지부동이었다. 말라 보이는 체형에서 나오는 것이라고는 생각하기 힘든 힘이었다.

"왜, 케이타가 아니라 싫어?"

"케이타는…… 아무 상관없어!"

"그 말이 과연 사실일까? 저런 사진까지 찍어놓고?"

"저건… 회사 소속 배우이다 보니……."

카즈키는 능숙하게 내 등 뒤로 손을 뻗어 브래지어 후크를 풀었다.

"안 돼……!"

브래지어를 벗기고 가슴이 출렁이며 드러나자 그는 가슴을 손에 담듯 그러모았다.

"아, 안 돼……!"

뽀얀 가슴살이 고무공처럼 탄력 있게 물결쳤다.

"안됐지만 케이타의 여자라면 더더욱 그냥 둘 수가 없어."

풍성한 언덕을 움켜쥐는 그의 손이 뜨거웠다.

그 열기는… 단순한 성적 흥분에서 오는 것만은 아니었다.

거기다 의미심장한 말까지.

"그… 그게 무슨 소리야……?"

잠깐 저항조차 잊고 묻는 내게, 차가운 눈을 한 그가 대답했다.

"복수."

그의 손가락에 힘이 들어갔다.

말랑말랑한 가슴살에 그의 손가락이 파고들었다.

"그놈한테 빼앗겼거든. 내 여자를."

"앗…… 아파……!"

카즈키의 눈이 심술맞게 번쩍였다.

"케이타는 돼먹지 못한 놈이야. 나한테서 여자를 빼앗아 가놓고는 삼 개월 만에 질렸다며 뻥 걷어찼단 말이지."

그는 유두를 입에 물고 세게 빨아들였다.

"아윽……!"

온몸에 전기가 오르는 느낌이었다.

"그러니까 나도 당신을 빼앗고 말겠어."

"아… 아니, 난 당신 말 안 믿어."

"내 말은 다 사실이야. 케이타는 예전부터 여자 버릇이 나빴고 사귀던 여자를 석 달도 안 돼 차버리는 일이 부지기수였어."

그러지 않으려고 해도 표정이 굳었다.

'말도 안 돼……. 나랑은 벌써 육 개월도 더 됐는걸…….'

"내 말이 안 믿기면 기다려 봐. 곧 케이타한테 비참하게 차이고 말 테니까."

카즈키는 다시 한 번 젖꼭지를 흡입했다.

"아니야…… 아니야……."

믿고 싶지 않았다. 케이타의 과거 얘기도 듣고 싶지 않았다.

그런데…….

우연히 만난 이 카즈키란 사람이 케이타에게 복수를 하겠다고 한다.

그의 손이 내 치마 속으로 들어왔다.

"하지 마……!"

한쪽 손으로 가슴을 거세게 움켜쥔 그는 맛있는 요리라도 맛보는 듯 츕츕 소리를 내며 가슴 위의 돌기를 자극했다.

"안 돼……!"

"케이타는 도와주러 올 마음이 없는 모양이야."

의기양양한 표정으로 그는 젖가슴 전체를 말아 쥐었다.

"이거 봐…… 만질 때마다 가슴 모양이 다채롭게 변하는 게 아주 재미있어……."

"하아…… 그만해……!"

그는 내 가슴을 흔들고 움켜쥐기를 반복하며 양쪽 젖꼭지를 교대로 물고 빨았다. 조금씩 가슴 전체가 예민한 성감대로 변해갔다.

"앗……! 앗……!"

더 이상 참지 못하고 신음소리를 내뱉자 카즈키는 만족스러운지 히죽 웃었다.

"당신의 몸도 마음도 모두 빼앗을 거야. 그게 케이타에 대한 최고의 복수니까."

나는 아무 대답도 하지 못했다.

케이타를 만난 건 이사한 다음 날이었다.

새로 이사한 집도 아닌, 그의 집. 요즘엔 대부분 그의 집에서 만나고 있다.

언제나처럼 그는 내가 사온 치즈와 빵을 맛나게 먹어치웠다.

치즈를 얇게 빵 위에 발라 한 입 크게 베어먹는 모습을 보는 것이 좋았다.

낮은 목소리로 웃으며 말하는 것을 듣는 게 좋았다.

하지만 오늘은 아무것도 귀에, 눈에 들어오지 않았다.

'전에 여자랑 같이 있었지?'

줄곧 머릿속에서 맴돌던 질문을 던질 작정이었는데, 막상 환하게 웃는 그를 보자 차마 입이 떨어지지 않았다.

"그럼 헤어져."

행여나 헤어지자고 할까 봐 두려웠다.

바람을 피워도 좋다.

케이타와 함께 있고 싶다……

내가 언제부터 이렇게 겁쟁이가 되어버렸을까.

"이사 정리는 다했어?"

천진난만한 얼굴로 케이타가 물었다.

잠시 망설인 끝에 카즈키에 대해 물어보았다.

"혹시 도미타 카즈키라고 알아?"

"어……?!"

케이타의 얼굴에서 웃음기가 가셨다.

"미팅 자리에 그런 사람이 있었어."

"어, 그랬어?"

케이타는 눈을 휘둥그렇게 뜨며 나를 응시하다 일어섰다.

"세상이 참 좁다니까."

케이타는 소파에 벌렁 드러누워 천장을 물끄러미 보았다.

"그 자식이 꽤 잘나간다는 얘기는 들은 적이 있어."

그의 얼굴이 심란해 보였다. 케이타가 카즈키에게서 연인을 빼앗았다는 게 사실일까.

"둘이 친했어?"

"응? 아니, 그렇진 않았어. 그냥 어릴 적 친구야."

케이타는 고개를 절레절레 흔들었다. 그리고 더 이상 그 얘긴 하고 싶지 않다는 듯 내 손을 잡아당겼다.

"아……."

내가 소파 위로 쓰러지자 그가 얼른 내 몸을 끌어안았다.

든든한 팔이 어깨와 등을 감싼다.

"아카리……."

사랑이 가득 담긴 목소리로 내 이름을 천천히 부른다.

"왜, 아카리. 설마 카즈키가 마음에 들기라도 한 거야?"

조금 떨리는 목소리를 숨기며 고개를 저었다.

"그, 그럴 리가. 그냥 어떤 사람인지 궁금해서 물어본 거야……."

"그게 왜 궁금해?"

"따분해 죽겠다는 얼굴로 휑하니 가버렸거든."

케이타는 내 등을 쓸어내리더니 솜씨 좋게 브래지어 후크를 끌렀다.

"그 녀석이 좀 쿨하지."

그리고는 내 옷을 하나하나 몸에서 떼어냈다.

"케이타……."

케이타가 벌거벗은 내 몸을 탐험하기 시작했다.

"난… 케이타밖에 없어……."

"나도 아카리뿐이야."

그가 내 말을 받으며 키스했다. 행복해서 온 세상이 녹아내리는 것만 같았다.

그런데…….

그가 젖무덤의 정점을 입에 담은 순간, 카즈키의 손길이 떠올랐다.

내 가슴을 제 것인 양 만져대던 카즈키의 뜨거운 손길.

"싫어……!"

그가 내 몸을 만졌던 기억이 떠오르자 얼굴이 절로 찌푸려졌다.

"……왜 그래? 싫어?"

케이타가 걱정스러운 눈으로 내 얼굴을 살폈다.

"아, 아니야. 미안해."

카즈키와 그런 짓을 벌였다는 말은 입이 찢어져도 못한다.

그 일은… 그래, 이사 작업 중에 벌어진 일종의 사고다. 지금은 그렇게 생각하기로 했다.

젖꼭지를 쥔 케이타의 손이 점점 거세졌다.

"앗……."

젖꼭지가 움찔, 하고 떨렸다. 바로 전날 카즈키의 격정적인 손놀림으로 민감해진 감촉이 아직 남아서일까. 내 몸은 평소보다 훨씬 예민하게 반응했다.

"오늘 유난히 민감하네."

케이타는 그 반응이 마음에 드는 모양이다.

"이쪽도… 민감할까?"

그의 손이 하복부를 더듬었다.

"대단해……. 흠뻑 젖었어."

케이타가 가늘고 긴 손가락을 비밀의 샘 안으로 밀어 넣었다.

"아…… 아아……!"

머릿속이 텅 비어버렸다.

정신이 들었을 땐 어느 틈에 케이타가 내 몸 위에 올라와 있고, 두 사람은 이미 하나가 된 상태였다.

"아카리 안이 아주 뜨거워……."

케이타가 허리를 움직여 내 몸 안으로 더 깊이 들어왔다.

"아… 하아……!"

농밀한 소리가 한숨처럼 새어 나왔다.

"아카리… 오늘 장난 아닌걸."

나를 끌어안는 케이타의 몸이 땀으로 흥건했다.

"나도 너무 좋아……."

머리가 다시 새하얗게 비었다.

"오늘은 몇 번이나 느낄 거 같아."

케이타가 호기있게 말하며 거칠게 허리를 밀어붙였다.

"흐읍……!"

나 역시 무아지경에 빠져 힘껏 허리를 돌렸다.

마침내 우리는 절정에 다다랐다.

"아카리, 오늘 끝내주던데. 평소에도 이렇게 섹시하면 얼마나 좋을까……."

케이타가 나를 다시 끌어안으려던 찰나에,

그의 휴대전화가 푸른빛을 발하며 문자 수신을 알렸다.

"이런 야심한 밤에 웬 문자야?"

"음……. 친구가 한잔하러 나오래. 이 시간에 내가 미쳤냐."

그는 손가락을 움직여 답 문자를 보냈다.

"……케이타?"

그러다 돌연 그의 움직임이 멈추었다. 휴대전화가 그의 손에서 미끄러져 소파 위로 떨어졌다.

세상에……. 폭풍 같은 수마에 꺾여 잠이 든 모양이다. 설핏 휴대전화 액정이 보이는 바람에 본의 아니게 그가 쓰다 만 문자를 읽고 말았다.

『에미나 오늘 밤에도 같이 있어주지 못해 미안해. 사랑해. 내일 같이 오다이바에 가기로 했지? 재밌게 보내자. 그리고 에미나 집으로.』

문자는 거기까지였다.

누가 봐도 연인 사이에나 주고받을 문자였다.

'친구가 보낸 문자라고 하더니……'

문자에 따르면 내일 케이타는 에미나라는 여자와 데이트를 한다.

그리고 그녀와 섹스도 하겠지.

언젠가는 그가 바람을 피울 거라고 단단히 각오하고 있었음에도 이렇게 명확한 증거를 잡고 보니 충격이 해일처럼 덮쳐왔다.

어떻게 해야 할지 갈피가 잡히지 않았다.

'케이타……. 나쁘이라고 한 지 한 시간도 안 됐는데……'

3화
사랑스럽게 잠든 그의 옆에서……

오늘은 웬일로 케이타가 사무실에 얼굴을 내밀었다.

오디션에 대해 상세한 정보를 얻으러 나온 그의 얼굴엔, 갈수록 짙어지던 우울한 빛은 온데간데없었다.

아니, 더없이 해맑은 얼굴이었다. 오랜만에 좋은 일감이 들어와 모처럼 기분이 좋아 보였다.

이번에 오디션 받을 역할은 꽤 비중 있는 자리다. 호스트 클럽이 배경인 텔레비전 드라마로 케이타에게 주인공 친구 역할이 들어온 것이다.

오디션에서 점수를 따면 텔레비전 드라마에 출연할 기회를 얻게 된다.

이것은 일생일대의 기회이자 지금까지 계속되어 온 부진을 만회할 찬스다.

"······여기. 이게 드라마 자료야."

나는 회사 사무실에 자리를 잡고 앉아 케이타에게 오디션에 대해 설명해 주었다.

매니저로서도 그가 훨훨 날아오를 수만 있다면 더 이상 바랄 게 없을 것 같다.

케이타는 자료를 열심히 읽어보았다.

나는 집중하는 그의 옆모습을 가만히 지켜보았다.

케이타의 눈동자가 평소보다 한결 빛나고 있었다. 초롱초롱 빛을 발하는 그의 눈동자가 한없이 아름다웠다.

"내가 이 역을 따낼 수 있을까?"

불안한 마음을 드러내며 그가 고개를 들었다. 나와 그의 시선이 얽혔다.

"물론이지. 제작국에서 직접 오디션 제의가 들어왔는걸."

나는 그의 어깨를 다정하게 어루만졌다.

"호스트라······. 내가 호스트처럼 보여?"

말은 그렇게 해도 아주 싫은 내색은 아니었다.

"베드신도 있나?"

"거기까진 얘기 못 들었는데, 그런 게 있으면 초반에 무슨 언질을 줬겠지."

"에이, 그럼 없는 건가? 실망인데."

"그렇게 베드신이 하고 싶어?"

"나도 한 번쯤은 해보고 싶다니까."

케이타는 그렇게 말하며 내 입에 키스했다.

"어머, 여긴 회사야. 안 돼."

"뭐 어때서 그래. 회의실이잖아."

케이타가 슬쩍 일어나 회의실 문을 잠갔다.

"아카리……."

의자에 앉은 나를 그가 뒤에서 끌어안았다.

"여기서는 안 돼……."

"하고 싶은데 어쩌라고……."

그는 뒤에서 팔을 둘러 내 가슴을 쓸어내렸다.

"앗… 케이타……."

그의 애무를 받으면 언제나 흐물흐물 힘이 빠져 버린다.

그를 향한 마음이 진심이라는 증거가 아닐까…….

"베드신이든 뭐든 하겠다고 하면 합격시켜 줄까?"

"그거야 모르지. 그래도 열정을 어필하는 건 좋은 생각 같아."

"꼭 따고 말 거야."

케이타가 내 블라우스 단추를 풀기 시작했다.

"저기… 다음은 이따가 밤에 하자……."

"밤까지 못 기다려."

케이타는 브래지어 속으로 손을 밀어 넣고 봉긋이 솟아오른 정점을 찾아 쥐었다.

"……아윽……!"

짜릿한 쾌감이 내 몸 한가운데를 뚫고 지나갔다.

케이타는 나를 탁자 위에 앉히고 블라우스를 활짝 열어젖혔다.

"정말 안 된다니까……."

"이렇게 젖었으면서……?"

그가 나의 은밀한 부분을 손가락으로 더듬었다.

촉촉한 느낌이 그의 손가락을 통해 내게도 전해졌다.

"아카리도 하고 싶지?"

빠른 손놀림으로 스타킹과 팬티를 끌어내린 케이타는 곧바로 비밀의 숲을 헤집었다.

찌걱찌걱—

질펀한 소리가 선명하게 들렸다.

"이거 보라니까. 아주 푹 젖었어."

"앗…… 부끄럽게 왜 이래…….

사무실 안에서, 그것도 환한 형광등 아래에서 몸의 가장 부끄러운 부분이 여실히 그 모습을 드러냈다.

한계점에 도달한 나는 파들파들 온몸을 떨기 시작했다.

"이렇게 젖은 걸 보니 단박에 들어가겠는걸."

지퍼를 내리고 케이타는 무릎까지 바지를 내렸다.

"케이타, 안 돼…….

그는 늘 이런 식이다. 한번 마음이 동하면 기필코 하고야만 다.

"못 참겠어."

하지만 케이타의 이런 개구쟁이 꼬마 같은 면이 나는 좋다.

스물다섯 살이나 먹었는데도 여전히 어른이 되지 못한 어설픈 그를 도무지 내버려 둘 수가 없다.

"아카리… 핥아줘…….

케이타가 간절하게 말했다. 곧 그의 것이 입안을 가득 채웠다.

"읍… 케이타……."

뜨끈한 열기를 뿜어내는 그의 일부가 내 입 속에서 서서히 부피를 더해갔다.

"아카리… 기분 좋다……."

케이타가 좋아하는 일이라면 뭐든 하게 된다.

심지어 회사에서도 그의 바람을 들어주고 있다.

"어쩌지……. 더 하고 싶어졌어. 엄청 하고 싶어졌다고……."

그가 내 머리를 쓰다듬었다.

쑤욱, 하고 케이타가 내 입에서 잔뜩 성이 난 분신을 빼냈다.

"아카리……."

그가 망설임없이 그것을 내 안에 찔러 넣었다.

"앗……!"

타이트한 스커트와 블라우스에 자글자글 주름이 잡히는 게 보였다.

"아앙……."

그런데도 그를 막지 못했다.

새로운 일을 앞에 두고 불타오르는 그의 몸은 여느 때보다 뜨겁고 여느 때보다 격정적이었다.

이 와중에도 그가 기운을 찾은 것 같아 기쁘기만 했다.

케이타가 허리를 움직일 때마다 나는 희미한 한숨을 쏟아냈다.

실은 마음껏 소리를 내고 싶었다.

그러나 차마 회사에서 그럴 수는 없었다.

"아카리…… 너무 좋아."

절정에 빠진 케이타가 격렬하게 허리를 움직였다.

회의실 탁자가 삐걱삐걱 소리를 질렀다.

누군가 복도를 잰걸음으로 달려가는 소리가 들렸다.

"회사에서 하는 건 처음이지?"

케이타가 갈라진 음성으로 속삭였다.

나는 고개를 끄덕이며 그의 움직임에 몸을 맞추었다.

스릴 만점이었다.

누군가 떠드는 소리, 휴대전화 소리 등 이런저런 자질구레한 소리가 회의실 밖에서 들렸다.

그 가운데 우리는 한 덩어리가 되어 질펀한 유희를 벌였다.

"아카리…… 조임이 대단해."

케이타가 아찔한 쾌감에 얼굴을 찡그렸다.

"나올…… 나올 것 같아."

케이타가 어마어마한 기세로 내 몸 안에서 몸부림 쳤다.

"더 이상… 못 참겠……."

나는 한껏 다리를 벌린 자세로 그를 받아들였다.

그는 재빨리 분신을 꺼내 내 입 속에 넣었다.

나는 그것을 빈틈없이 꼬옥 물었다.

그리고 끈적한 액체가 입안을 가득 채우자 꿀꺽, 하고 목구멍으로 삼켰다.

"삼킨 거야……?"

기쁨을 감추지 못하며 그는 내 머리를 쓰다듬었다.

그날 밤, 나와 케이타는 화려한 네온사인이 가득한 유흥가로 나섰다.

거리를 가득 메운 가게 앞마다 셔츠 앞섶을 풀어헤친 남자들 사진이 즐비했다.

회의를 하다 말고 열락의 시간을 가지긴 했지만, 매니저로서 케이타가 해야 할 일을 까먹은 것은 아니었다.

"여기가 호스트 클럽 거리라 이거지?"

케이타는 사진들을 유심히 살펴보았다.

호스트 역할을 따기 위해 나와 케이타는 일단 호스트클럽을 방문하기로 했다.

통상적으로 호스트 클럽은 여성밖에 출입하지 못한다.

여성과 대동하면 모를까 남성은 호스트클럽에 얼씬도 할 수 없다.

"어느 가게에 들어가 볼까?"

"글쎄……. 그거야 나도 모르지."

"호스트랑 놀러 온 거 아냐?

"아니야."

갈팡질팡하는 내게 누군가 말을 걸었다.

"……누구 찾으시는 분이라도 있나요?"

고개를 돌린 나는 흠칫 놀라 걸음을 멈추었다.

그곳에 서 있는 남자는 하얀 양복을 빼입은 카즈키였다.

"…어라. 혹시 케이타 아냐?"

카즈키가 아는 척을 하자 케이타는 두 눈을 휘둥그렇게 떴다.

"……어, 카즈키! 옷이 왜 이래. 너 꼭 호스트 같다?"

"맞아, 나 이 동네에서 호스트로 일하고 있어."

충격적이고도 솔직한 대답에 케이타는 말문이 막힌 듯했다. 하지만 난 알고 있었다.

'거짓말……. 출장 호스트면서.'

"실은 호스트 일은 아르바이트야."

"진짜?"

케이타는 눈을 빛내며 카즈키에게 성큼 다가갔다.

"그럼 부탁 좀 하자. 나 이번에 드라마에서 호스트 역을 맡을 거 같거든."

약 십 분 후.

우리는 호스트클럽 '톱 프린스' VIP룸으로 안내되어 있었다.

한 시간에 족히 몇 만 엔은 한다는 VIP룸은 사방이 은색으로 꾸며진 화려번쩍한 방이었다.

나와 케이타는 별세계에 온 것처럼 방을 살펴보며 말했다.

"가게가 무척 화려하네."

인테리어 콘셉트가 미래 세계나 판타지 세계인지, VIP룸 말고도 가게는 온통 은색으로 통일되어 있었다.

"자, 재회를 축하하며 건배."

카즈키가 한턱내겠다며 고급 샴페인을 들고 와 글라스에
따라주었다. 샴페인 잔 세 개가 허공에서 맞부딪쳤다.

벽에 붙은 호스트 랭킹을 본 우리는 놀라움을 감추지 못했
다.

랭킹 맨 위를 차지하고 있는 호스트가 다름 아닌 카즈키였
던 것이다.

"대단하다. 낮에는 연구소 직원이라며?"

"응. 호스트는 마케팅 연구의 일환 같은 거야."

묘하게 감탄한 표정으로 케이타가 고개를 끄덕였다.

우린 VIP룸에서 한참 이야기를 나누며 술을 마셨다.

샴페인이 몇 병 쌓이는 중에 케이타와 카즈키는 정말 친한
친구처럼 즐겁게 이야기를 나누었다.

"달라진 게 없구나, 넌. 늘 어려운 말만 하고. 그런 쌀쌀맞
고 똑똑해 보이는 점이 인기 포인트인가?"

이야기를 하는 동안 케이타는 오디션을 볼 때 응용할 작정
인 건지 카즈키의 몸짓을 세세히 관찰했다.

카즈키가 케이타에게 대꾸했다.

"별거 아냐. 너도 요령만 붙으면 넘버원쯤은 누워서 떡 먹
기일걸."

"정말 그럴까? 내가 할 수 있을까?"

"그만해."

나는 케이타의 무릎을 가볍게 내려쳤다. 물장사 아르바이
트는 소속사에서 특히 금지하는 사안이다.

"걱정 마! 호스트 역을 누구보다 멋지게 해내고 말 테

니까!"

위험하다 싶었는데, 어느새 얼큰하게 취기가 오른 케이타는 결국 VIP룸 소파에 쓰러져 잠이 들고 말았다.

"……미안해서 어쩌지, 얼른 택시 부를게. 조금만 기다려줘. 바로 데리고 나갈 테니까."

"아냐, 천천히 해."

케이타를 깨우려는데 카즈키가 내 손을 잡아챘다. 그의 눈이 야릇하게 빛났다.

"좀 더 여기 있어도 돼."

"하지만……."

"자는 남자친구 옆에서 다른 남자랑 이러면 재미있을 거 같지 않아?"

카즈키는 내 어깨를 끌어당겨 키스했다.

"핫……!"

화들짝 놀라 고개를 돌리자, 그는 이번엔 큼지막한 손바닥으로 내 무릎을 더듬기 시작했다.

"무슨 짓이야. 누가 들어오기라도 하면……."

"아무도 들어오지 말라고 말해놨지."

그는 냉랭한 얼굴로 나를 쏘아보았다.

"전에 말했지? 난 케이타한테서 당신을 빼앗을 거야."

"헛소리 그만해."

"아카리의 마음을 내게로 돌리고 말겠어."

스커트 속으로 카즈키의 손가락이 침입했다.

"안 돼……!"

황급히 그의 손을 뿌리치려 했으나 남자의 완력을 당해낼 수가 없었다.

"케이타…… 일어나……."

거의 울먹이며 불러도 잠에 취한 케이타의 눈은 여전히 꼭 감겨 있었다.

"케이타보다 내가 더 큰 즐거움을 선사해 줄게."

카즈키의 손가락이 허벅지 위로 올라와 가랑이에 도달했다.

"안 돼……!"

무릎을 잔뜩 오므리자 그가 자신의 다리를 밀어 넣어 무릎을 양쪽으로 벌렸다.

"앗, 안 돼……!"

카즈키의 손가락이 비밀의 문을 열고 들어와 자그마한 돌기를 살짝살짝 건드리더니 이내 빙글빙글 원을 그렸다.

"하지 마……!"

호스트클럽 안을 가득 메운 강렬한 음악에 나의 간절한 애원은 가차없이 묻혀버렸다.

카즈키는 능숙한 손놀림으로 나의 팬티를 발목까지 끌어내리고는 손가락을 더 깊숙이 찔러 넣었다.

"아흑……!"

그의 길고 섬세한 손가락이 뜨거운 동굴 안을 수없이 왕복했다.

그는 바다 속을 헤엄치듯 손가락을 움직였다.

"케이타 옆이라 더 짜릿할 거야."

"아니…… 절대 그럴 일은 없어."

고개를 세차게 흔들자 그가 딥키스를 퍼부었다.

"으읍……."

혀와 혀가 격렬하게 얽히자 카즈키는 손가락을 더욱 빨리 움직였다.

"앗…… 아윽……."

엄청난 자극을 이기지 못하고 동굴에서 끈적한 꿀물이 스며나왔다.

"이거 봐, 느끼고 있잖아."

끈적끈적. 귀를 자극하는 소리에 VIP룸이 뜨겁게 달아올랐다.

"아아앗…… 제발……!"

이성이 서서히 멀어져 간다. 그는 내 무릎을 잡고 양쪽으로 벌렸다.

"아주 잘 보이는걸."

"하지 말라니까……!"

나도 모르게 허리가 꿈틀꿈틀 경련을 일으켰다.

카즈키는 내가 안정을 되찾을 즈음 속옷을 원래대로 돌려놓고 내 몸을 다정하게 안았다.

"어때, 느꼈지? 아주 예쁘던데."

"왜…… 대체 왜 이런 짓을 하는 거야?"

"그래야 내 마음이 풀리니까."

나를 보는 카즈키의 눈이 싸늘했다.

"난 케이타한테 여자를 빼앗겼어. 그러니까 나도 케이타의

여자를 빼앗을 거야."

그때 케이타가 몸을 뒤척였다.

"으……음……."

그의 옆모습을 보자 눈물이 왈칵 쏟아졌다.

내 세상에 거침없이 스며드는 카즈키의 존재가 두려웠다.

4화
금단의 호스트 클럽

그다음 주.

나와 카즈키는 가라오케 룸에서 만나기로 약속을 잡았다.

약속장소는 그저 그런 평범한 가라오케가 아니다. 방 안을 장식한 모든 것이 화려하기 이를 데 없는 고급 가라오케다.

고급 정보를 교환할 때나 연예인들이 비밀 데이트를 즐길 때 자주 이용하는 곳으로, 내가 약속장소로 이곳을 고른 데에는 이유가 있었다.

그에게 은밀한 부탁을 하기 위해서다.

퇴근길에 약속 장소에 들렀다는 그는 차분한 회색 양복을 입고 있었다.

"……내 부탁은 그거야. 미안하지만 당신네 가게에서 케이타에게 일주일 정도 호스트 일을 가르쳐 줬으면 해."

케이타가 진짜 호스트 클럽에서 실습을 받고 싶다는 얘기를 꺼내는 바람에 나는 부득이하게 카즈키에게 고개를 숙여야 했다.

「호스트의 분위기를 몸에 익히면 호스트 역을 따낼 수 있을 거 같거든.」

그렇게 말하긴 했지만, 사실 그것이 이유의 전부가 아니라는 게 은연중에 느껴졌다.

어릴 적 친구인 카즈키가 넘버원으로 활약 중이라는 사실에 자극을 받은 게 분명했다.

"우리 가게는 기본적으로 단기 알바는 안 받아."

나를 대하는 그의 서늘한 태도는 여전했다.

모르긴 해도 그는 내게 별 관심이 없다. 그저 '케이타의 여자친구' 그 이상도 그 이하도 아니다.

"매니저로서 힘닿는 데까지 케이타를 돕고 싶어. 언제나 예외라는 건 있잖아. 부탁을 들어주면 정말 고맙겠어."

"으음……."

카즈키는 내 옆에 앉아 팔짱을 끼고 골똘히 생각에 잠겼다.

"뭐, 사정을 말하면 매니저도 나 몰라라 하진 않을 거 같긴 하다만……."

그의 시선이 내게 꽂혔다.

"당신이 나한테 그에 상응하는 대가를 치른다면 긍정적으로 생각해 보지."

"대가라니……?

돈?

아니면 가게에 가서 매상이라도 올려달라는 건가?

"그쪽은 됐어. 난 어디까지나 아르바이트일 뿐, 애초에 돈에는 관심 없거든."

"……전엔 출장 호스트더니 언제 부업을 바꾼 거야?"

"바꾼 게 아니라 둘 다 해. 호스트는 일주일에 두 번 출근이고, 출장 호스트는 특별한 지명이 있을 때에만."

"뭐 때문에 그렇게 열심히 알바를 하는데?"

"뭐 때문이냐고……? 밤의 세계에서 어떤 식으로 돈이 흐르는지 조사 중이라고 얘기한 거 같은데."

본업이 잘나가는 경제 연구원이니 빈틈없는 시선으로 호스트 업계를 관찰하고 있을 테지. 어련하시겠어.

"알겠어. 매니저한테 말해볼게."

"정말?"

내가 몸을 내밀며 반색하자 그가 잽싸게 내 어깨를 잡아당겼다.

"대가를 치를 각오는 돼 있지?"

카즈키의 냉정한 눈동자에 이끌려 나는 그와 뜨거운 입맞춤을 나누었다.

"음……."

지난주 호스트 클럽 VIP룸에서, 케이타의 바로 옆에서 몸의 가장 은밀한 부분을 적나라하게 보여주었던 사실이 떠올랐다.

"안 돼……!"

나는 용수철처럼 팔짝 튀어오르며 카즈키를 노려보았다.

"이런 짓은 이제 그만해."

"왜? 이런 비밀스러운 장소로 불러내기에 신나게 즐기려나 보다 했는데."

"절대 아니야. 아무도 모르게 부탁하고 싶었던 것뿐, 딴 마음은 없었어!"

카즈키는 민첩하게 몸을 움직여 스커트 속으로 손을 넣더니 가장 깊은 곳을 건드렸다.

"아앗!"

기습 공격을 당한 내 몸이 여지없이 반응을 보였다.

"오늘은 아카리 차례야."

"뭐……?"

"이거 봐……."

그는 소파에서 몸을 일으켜 바지 지퍼를 천천히 내렸다.

그의 분신이 내 얼굴 앞에 모습을 드러냈다.

"어서……."

"뭘……?!"

"알면서 그러네. 어서 빨아."

"나…… 난 그런 짓 못해!"

"못한다고?"

그는 입술을 비틀며 야멸차게 내뱉었다.

"그럼 나도 매니저한테 할 말이 없지."

할 말을 잃었다.

"세상에……."

"어쩔래? 사랑해 마지않는 케이타가 호스트 일을 배우길 바란다며?"

그가 정곡을 찌르며 복숭아처럼 붉게 물든 거대한 것을 내 입가에서 흔들었다.

"어쩔래……?"

'어쩌다가 내가 이런 꼴이 된 건지…….'

냉큼 일어나 집으로 뛰어가고만 싶었다.

그러나… 그럴 수는 없었다.

케이타를 위해서, 그가 호스트 클럽에서 일을 배울 수 있게 해주고 싶었다…….

"이 일은 케이타에겐 비밀로 해줘……."

"얼마든지."

카즈키는 고개를 끄덕였다.

"자— 어서 빨아……."

고집스럽게 그가 나를 재촉했다.

나는 눈을 질끈 감고 입을 벌렸다.

입안으로 힘이 바싹 들어간 카즈키의 것이 들어왔다.

'케이타…… 미안해…….'

희미하게 눈물이 새어 나왔다.

나는 지금 케이타가 아닌 다른 이의 것을 머금고 있다.

"좀 더 깊이……."

카즈키가 내 머리 뒤를 손바닥으로 꾸욱 눌렀다.

"으읍……!"

뜨겁고 굵은 기둥이 입안 깊숙이 파고들었다. 나는 그것을 있는 힘껏 받아냈다.

"나랑 케이타랑 누가 더 커?"

카즈키가 엉뚱한 질문을 던졌다.

"읍……."

알 게 뭐야. 나는 세차게 고개를 흔들었다.

정직하게 말하자면, 둘 다 비슷하다. 다만 모양은 좀 다르다. 카즈키가 곧게 뻗었다면 케이타는 살짝 곡선을 그렸다.

"내 게 더 마음에 든다고 말해."

그는 몇 번이나 내 머리를 자신의 뿌리를 향해 밀었다.

나는 눈물을 흘리면서도 순순히 그의 동작에 따랐다.

그러나 비참한 마음과 달리 내 입술과 혀는 그의 심벌을 꼼꼼하게 핥았다. 절대 떨어지지 않겠다는 듯이…….

"잘하는걸."

카즈키의 숨결이 거칠어졌다.

"그렇게 격렬하게 빨아대면 사정할 텐데……."

그가 다급하게 외치자마자 내 입 속으로 뜨끈한 액체가 쏟아졌다.

"흐읍……!"

"삼켜."

나는 그의 명령을 따르는 로봇처럼 그것을 꿀꺽 삼켰다.

모든 건 케이타를 위해서다…….

그가 호스트 클럽에서 일할 수 있도록…….

케이타를 위해서라면 난……

못할 것이 없다…….

다음 날부터 케이타는 호스트클럽에서 일하게 되었다.

자비로 마련한 블랙 슈트를 맵시있게 차려입은 그는 안에

받쳐 입은 새틴 셔츠 단추를 세 개나 풀며 의욕을 드러냈다.

나는 걱정스러운 마음에 손님으로 찾아가 그를 지켜보았

다.

"어서 오세요."

케이타의 긴장한 얼굴이 여자 손님에게 향했다.

"어머나, 신입 들어왔네?"

여자 손님들은 케이타에게 관심을 보였다.

"그럼 저 지명해 주세요."

쥐가 나도록 한껏 미소 짓는 케이타에게 여자 손님의 꾸지

람이 날아들었다.

"그렇게 대놓고 지명해 달라고 하면 못 써! 손님이 지명해

줄 때까지 기다리는 게 호스트의 기본 매너야!"

"죄, 죄송합니다……."

지금껏 머리를 조아려 본 적이 거의 없는 케이타가 호스트

클럽에서는 수없이 머리를 조아렸다.

그렇게 질색하던 짓을 본인이 먼저 하는 걸 보니 어지간히

드라마에 출연하고 싶은가 보다.

호스트 역할을 따내기 위해 최선을 다하려는 그의 열정이

가감없이 느껴졌다.

가슴이 옥죄어왔다.

'케이타도… 마음만 먹으면 얼마든지 하는 사람이구나……'

겉모습이 주는 이미지 탓에 그저 가만히만 있어도 뺀질거린다고 오해받기 십상이지만, 내가 믿었던 대로 그는 할 땐 하는 남자였다.

그때—

"잠깐, 케이타잖아? 와타세 케이타 아냐?!"

가게에 들어온 또 다른 여자가 깜짝 놀라 외쳤다.

"꽃미남 콘테스트 때 나도 케이타한테 투표했잖아! 연예인이 된 줄 알았는데 호스트가 된 거야?"

"사실은요… 이번에 맡은 캐릭터의 연구를 위해 실습하는 중이에요."

케이타의 얼굴이 풀어졌다. 조금 전까지 그를 딱딱하게 만들었던 어색한 미소는 어느 틈에 사라지고 없었다.

연예인답게 팬이 나타나자 여유를 되찾은 것이다.

"아, 드라마에 나가는구나. 대단해. 무슨 드라마인데?"

"음…… 가르쳐 주고 싶긴 한데 이렇게 공개적인 곳에서는 곤란해요. 지명하면 말해주죠."

"좋지! 케이타를 지명하다니, 거짓말 같아."

우연히 팬을 만난 케이타는 어렵지 않게 첫 지명을 따내자 금세 기운을 찾았다.

팬이라는 여자의 어깨에 팔을 두르고 앉더니 자연스레 무릎까지 쓰다듬었다.

질투가 솟구쳤지만 간신히 감정을 억눌렀다.

"저기… 내가 좀 평범한가?"

일은 자정이 넘어서야 끝났다. 집에 돌아온 케이타는 퍽 지쳐 보였다.

그리고 샤워를 하자마자 곧바로 침대에 드러눕더니 불쑥 그런 질문을 던졌다.

"평범… 하냐니……?"

"오늘 지명한 애가 호스트 일을 하려면 좀 더 액세서리도 하고 피어스도 해서 화려한 맛을 살리라잖아."

그녀의 말에 자존심이 상한 듯한 케이타는 입술을 잘근잘근 깨물었다.

"호스트가 원래 화려한 직업이긴 하지. 그치만 케이타는 호스트라는 직업에 대해 공부하는 것뿐이니까 그렇게까지 그들을 의식할 필요는 없어."

너무나 진지한 얼굴이라 나도 진지하게 대답을 돌려주었지만,

"이왕 하는 건데 진짜 호스트처럼 돼야 하지 않겠어?"

케이타에겐 내 말이 먹히지 않았다.

"머리도 좀 더 부풀리래."

"그렇게 완벽하지 않아도 돼. 케이타는 호스트가 아니라 연예인이야……."

다시 한 번 말했지만, 케이타의 눈빛은 변하지 않았다.

"난 제대로 하고 싶어."

케이타는 샐쭉한 얼굴로 내 몸을 끌어안았다.

그의 팔에 안기는데도 여전히 가슴이 아렸다.

오늘 케이타는 이 손으로 다른 여자의 몸을 더듬었다.

호스트 클럽에서 일을 배우는 동안 그런 일은 비일비재할 것이다.

걱정은 되지만 매일 밤 곁에서 그 모습을 지켜보는 것 외엔 도리가 없다. 나는 그의 가슴에 얼굴을 묻었다.

"바람… 피우면 안 돼."

"바람? 무슨 바보 같은 소리를. 그건 그냥 일이야. 난 아카리밖에 없다고."

케이타의 입술을 느끼며 나는 눈물을 삼켰다.

그는 지금 거짓말을 하고 있다.

사이사이 밤에 연락이 닿지 않는 케이타.

간신히 연락이 닿아도 전화 너머로 여자의 기색을 드러내고 마는 케이타.

모르는 척하고는 있지만 그는 남몰래 다른 여자와 만나고 있다. 그리고 그것을 애써 숨기고 있다.

"나… 넘버원 호스트가 되고 싶어."

케이타는 그렇게 말하며 내 가슴을 조물조물 만졌다.

"케이타는… 호스트 넘버원이 아니라 캐스팅 순위 넘버원이 되어야 해."

"나도 알아. 알긴 하는데 카즈키한테 지고 싶지 않단 말이야. 분해."

　태어난 그대로의 모습으로 우리는 서로를 안았다.

　케이타도 나도 서로의 가슴에 얼굴을 묻었다.

　이렇게 가까이 있는데도 그의 마음은…

　내게 없다.

　"지명을 더 늘리면… 팬도 늘어나겠지."

　그의 머릿속에 나는 없다.

　"나, 노력할 거야. 배우 일도 호스트 일도."

　"호스트 일은 그렇게 열심히 하지 않아도 된다니까……."

　내 얼굴에 씁쓸한 미소가 번졌다.

　케이타의 손가락이 내 몸 깊은 곳을 더듬었다.

　"아앗……."

　그의 섬세한 손가락이 비밀의 숲을 뚫고 들어왔다.

　질퍽질퍽. 야릇한 소리가 들렸다.

　"아웃……."

　케이타는 알고 있다. 내가 그를 떠나지 못한다는 것을.

　"아카리……."

　나를 침대 위에 엎드리게 하고 그가 뒤에서 허리를 붙여왔다.

　그의 몸이 내 몸 안에서 꿈틀댔다.

　"아아앗……!"

　머릿속을 가득 채웠던 복잡한 생각들이 말끔히 사라졌다.

　"아카리랑 있으면 마음이 편해……."

　케이타가 허리를 곧추세우며 속삭였다.

나도 알고 있다. 그 역시 나를 떠나지 못한다. 매니저인 나를 옆에 두고 모든 것을 의지하고 있으니까

내 엉덩이를 뒤에서 움켜잡은 그가 숲 속으로 거칠게 밀고 들어왔다.

"아아아…… 좋아……."

그의 몸이 숲 속을 가득 채웠다.

아무래도 우리는 속궁합이 너무 좋은 것 같다.

그래서 더더욱 헤어질 수가 없다.

하물며 그가 바람을 피운다 해도…….

케이타의 리듬이 깊이를 더해감에 따라 숲 속에서 꽃물이 흘렀다.

두 사람의 몸이 뜨겁게 달아오르며 하나로 녹아드는 순간이, 이번에도 여지없이 찾아왔다.

이렇게 절정에 다다른 순간을 함께하는 이가 케이타가 아니라면,

견딜 수 없다.

그러니까…….

"아카리……."

섹스를 끝내고 기분 좋은 탈진상태에 빠져 있는 내 입술을 케이타가 다정하게 쓰다듬었다.

"나, 노력할 거야. 아카리를 위해……."

그의 말을, 지금은 믿는다.

나는 미소 지으며 고개를 주억거렸다.

5화
마음을 치유하는 달콤한 유혹

케이타가 호스트 클럽 '톱 프린스'에서 일한 지 일주일째.

그는 호스트 역할을 따내기 위해 '톱 프린스'에서 견습생으로 일하며 호스트에 대해 조목조목 배웠다.

그리고 일종의 수업시간이었던 일주일이 드디어 오늘로 끝을 맺는다.

'톱 프린스'의 영업시간은 오후 일곱 시부터 자정까지.

다른 배우들 뒷바라지를 해야 하는 내가 허구한 날 그의 곁을 지킬 수는 없는 노릇이었다.

하지만 케이타 걱정에 나는 매시간 좌불안석이었다.

케이타는 모든 여성에게 친절하다.

악수를 바라는 팬에게 악수뿐만 아니라 허그까지 해주는 서비스 정신을 발휘한다.

그래서 그의 팬들은 '혹시 내게 마음이 있나?' 하는 착각에 빠지곤 한다.

그의 그런 서비스 정신이 호스트 클럽에서 발휘될까 봐 나는 내내 노심초사했다.

오늘도 일이 끝나고 헐레벌떡 '톱 프린스'로 뛰어가 보니 샴페인콜이 벌어지고 있었다.

"공주님 건배! 건배!"

흥을 돋우는 소리가 가게 안을 가득 메웠다. 귀에 익은 그 소리는 케이타의 음성이었다.

안쪽에 자리를 잡고 앉자 다른 호스트가 메뉴판을 들고 왔다.

"어쩌다가 케이타가 콜을 하게 된 거예요?"

"아, 케이타 씨한테 샴페인 타워가 들어왔거든요."

"진짜요……?"

깜짝 놀라 케이타 쪽으로 고개를 돌리자 투명한 파란색 샴페인 글라스를 층층이 쌓아올린 타워가 우뚝 솟아 있었다.

"케이타 씨가 오늘 마지막이라 손님이 쏘는 거예요."

케이타는 유난히 들떠 보였다.

그는 샴페인 글라스를 호스트들에게 한 잔씩 돌리고는 잔을 단번에 비웠다.

"캬아!"

탄성을 내지르며 손님의 입술에 케이타가 불시에 키스를 선사했다. 손님은 깜짝 놀라면서도 곧 열렬히 응해왔다.

나의 가슴 저편으로… 고통이 스며들었다.

"아, 아카리. 언제 왔어?"

샴페인콜을 끝낸 케이타가 내 옆자리에 털썩 주저앉았다.

혹시 속마음이 얼굴에 드러났을까 얼른 표정을 바꾼다.

"미안. 오늘이 마지막이라니까 사람들이 한잔하라고 자꾸 권하는 바람에……."

내 몸에 기대며 케이타가 뺨을 가져다댔다.

그의 몸에서 후끈한 열기가 느껴졌다.

"케이타…… 열 있는 거 아냐?!"

"열은 없어. 좀 흥분해서 그래."

케이타는 웃으며 말했지만 걱정은 사라지지 않았다.

"케이타, 그만 가자. 내일 낮에 오디션 봐야지."

"괜찮아, 괜찮아……."

그의 얼굴에 환한 미소가 걸렸다.

그러나 영업이 끝나자마자 케이타는 바닥에 쓰러지듯 주저앉고 말았다.

이마에서 열이 펄펄 끓고 있었다.

"……정말 미안하게 됐어."

해가 기울어지며 내 방을 오렌지빛으로 물들였다.

나는 방에 들어서자마자 카즈키에게 깊이 고개를 숙였다.

카즈키는 열이 나는 케이타가 내심 걱정스러웠는지 오늘 하루 동안 그의 곁을 떠나지 않았다.

"마침 토요일이라 회사도 쉬니까."

심드렁한 대답이 돌아왔다.

그는 펄펄 열이 끓는 케이타를 가게에서 한숨 재운 뒤, 차에 태워 병원에 들렀다가 오디션장까지 데려다주었다.

보기보다 배려심이 깊은 사람이라는 생각이 들었다.

"우리 때문에 건강을 헤쳐 오디션에서 떨어지게 되면 기껏 일주일 동안 고생한 게 말짱 꽝이 되잖아."

케이타는 약에 취해 옆방에서 곤히 잠들어 있었다.

미약한 숨소리조차 전혀 들리지 않을 정도로, 정말 죽은 듯이 곤히 자고 있다.

문 너머로 그런 케이타를 바라보던 카즈키가 긴 한숨을 내쉬었다.

"연예인도 만만치가 않은가 봐. 오디션을 보러 온 그 수많은 사람 중에 합격하는 건 고작 한 사람뿐이라며."

"이번엔 두 명이나 세 명쯤 될 거야."

오디션 참가자가 상상보다 많아서 나 역시 꽤 놀란 참이었다.

케이타가… 과연 합격할 수 있을까.

"케이타라면 걱정 마. 진짜배기한테 배운 기술이 있잖아."

카즈키가 내게 키스를 해왔다. 갑작스러웠지만, 늘 저돌적으로 돌진해 오던 그가 오늘은 웬일로 다정했다.

"저 녀석은 합격할 거야. 난 알아. 오디션장 둘러보니까 그나마 케이타만 제대로던데."

카즈키가 내 입 속으로 혀를 밀어 넣었다.

미끈미끈한 혀가 내 혀에 감겼다.

다소 거칠었던 지금까지의 키스와는 다른, 따스한 감정이 스며들어 있는 키스였다.

그 새로움에 난 지그시 눈을 감고 말았다.

"읍……."

바로 옆방에 케이타가 있는데 나는 다른 남자와 키스를 나누고 있다.

오디션이 끝나 긴장이 풀려서일까.

카즈키를 거부할 마음이 들지 않았다.

"오늘은 싫어하지 않네."

그의 긴 손가락이 내 가슴에 닿았다.

조금씩 힘이 빠져나갔다.

"피곤해서… 힘이 없어……."

그가 다시금 다정하게 키스했다.

"아카리, 고생 많았어."

케이타가 해야 할 말을 카즈키가 대신 해주었다.

그는 키스를 하며 내게 말을 건넸다.

"케이타가 가게에 나오는 동안 아카리도 출근 도장을 찍었잖아. 급기야 저놈이 아프기까지 하는 바람에 당신도 제법 힘들었을 거야."

카즈키의 손가락이 블라우스를 끌어당기자 브래지어가 훤히 드러났다.

그는 유두가 보이도록 브래지어를 끌어내렸다.

"아카리한테도 치유할 시간이 필요해."

부드럽게 유두를 입에 담는 카즈키.

"……아앗……."

쌉싸름한 쾌감이 전신으로 퍼져 나갔다.

"케이타가 옆방에 있……."

"저놈은 당분간 못 일어나."

소파에 앉은 나의 스커트를 카즈키가 돌돌 말아 올렸다.

핑크색 레이스 팬티가 보이자 나는 그의 팔을 잡아 밀었다.

"안 돼……."

내 작은 비명을 무시하며 그는 팬티 아래쪽을 옆으로 밀어냈다.

무성한 숲이 모습을 드러내자 내 어깨가 파르르 떨렸다.

카즈키의 길게 뻗은 손가락이 숲 속으로 들어왔다.

그의 손가락이 그 안을 간질나게 애무하기 시작했다.

질퍽질퍽.

"아카리가 스트레스를 발산할 수 있도록 내가 도와줄게……."

그의 기교 있는 손놀림에 나도 모르게 신음 소리가 새어나왔다.

"아… 아앗…… 안 돼……."

"아앗… 아윽……."

카즈키의 손가락이 마치 춤을 추듯 유연하게 움직였다.

내 안에서 빙글빙글 원을 그릴 때마다 쾌감이 하나씩 하나씩 꽃망울을 터뜨렸다.

숲 속에서 가장 예민한 부분을 찾아 지분거리며 그는 가슴을 만지고 키스를 했다.

소파에 앉은 그대로…… 절정에 오를 것만 같았다…….

"마음껏 느껴봐……."

카즈키가 내 몸을 능수능란하게 연주하며 움직임에 속도를 더했다.

허리가 공중으로 뜨는가 싶더니 아찔한 쾌감이 전신을 관통했다.

"…아앗……!"

나는 소파에 쓰러져 숨을 헐떡였다.

"좋지……?"

카즈키가 내 몸을 끌어안았다.

아주 조금… 그를 알 것 같다.

그는 다정한 사람이다. 나를 도와주는 다정한 사람…….

카즈키 같은 사람을 좋아했어야 하는데…….

나른한 머리 너머로 떠오르는 생각과 함께 고개를 들자, 시선이 부딪쳤다.

"나한테도 조금은 마음이 움직이지?"

그는 모든 걸 다 안다는 투로 빙그레 웃었다.

케이타는 자기중심적인 사람이다. 저 나이가 되도록 왕자님 기분에서 벗어나지 못한 터라 내 기분 따윈 안중에도 없다.

하지만 카즈키라면…….

마음이 흔들린다.

「케이타한테서 반드시 아카리를 빼앗아올 거야. 몸도 마음도.」

불현듯 카즈키가 했던 말이 떠올랐다.

애초에 그가 내게 접근한 건 내가 마음에 들어서가 아니다.

케이타에게 복수하기 위해서다.

오래 전 케이타에게 애인을 빼앗겼던 것처럼, 이번엔 그가 케이타의 애인인 나를 빼앗으려 하고 있는 것이다.

"나랑 사귀자."

지금은 이렇게 달콤한 말을 속삭여도 내가 그러겠노라 대답한 순간, 그는 이 아슬아슬한 게임을 망설임없이 끝내 버릴 것이다.

그의 마음속에 나에 대한 진심은 없다.

카즈키가 내게 다시 키스한 순간, 휴대전화 벨소리가 울렸다.

"……방송국이야!"

허둥지둥 전화를 받았다.

"네, 네……. 와타세 케이타의 매니저 미나미 아카리입니다."

수화기 너머로 케이타가 호스트 역할에 낙점됐다는 소식이 전해졌다.

"감사합니다!"

눈가가 촉촉해졌다.

이 얼마 만의 드라마 출연이란 말인가.

하물며 단막극도 아닌 미니시리즈에, 대사까지 많은 조연.

"……케이타, 해냈어!"

전화를 끊고 환호성을 지른 나는 뒤늦게 엉망으로 흐트러진 옷매무새에 시선을 떨구었다.

부랴부랴 스커트 자락을 내리고 브래지어 후크를 채우자마자 옆방에 있던 케이타가 불쑥 얼굴을 내밀었다.

"……뭐야? 전화 왔어?"

약에 취해 있었을 텐데도 전화벨 소리를 듣고 잠에서 깬 걸 보니 어지간히 결과가 신경 쓰였나 보다.

"축하해. 오디션 통과했어!"

당장 그를 안아주고 싶었다.

그러나…….

"그럼 결정된 거야?"

"응! 정말 다행이야!"

나는 카즈키를 슬쩍 쳐다보았다.

"그런데 카즈키가 웬일로……."

"케이타를 여기까지 데리고 와줬어."

"오디션에 합격해서 다행이야."

카즈키는 천천히 일어났다. 입가에 옅은 미소가 걸렸다.

"그럼 난 이만 간다. 드라마 잘해."

그는 간단한 인사만을 남겨놓고 손을 흔들며 집을 나갔다.

그가 현관 밖으로 나가는 것을 기다렸다가 케이타를 와락 끌어안았다.

케이타의 열은 다음 날 밤이 되어서야 완전히 내렸다.

샤워를 끝낸 케이타의 얼굴에 희색이 만면했다.

우리는 맥주로 건배를 하며 오디션 합격을 축하했다.

케이타의 눈이 자신감으로 가득했다.

그의 이런 모습을 보는 게 얼마만일까.

갑자기 큰 역할을 맡아 기운이 넘쳐 보였다.

"이제 곧 바빠질 거야. 촬영도 해야 하고 일도 나가야 하니까……."

"일을 나가……? 무슨 일?"

"좀 더 역을 충실히 해내고 싶어서 당분간 호스트 일을 계속하기로 했어."

차가운 물을 단번에 들이마신 케이타가 내게 웃으며 말했다.

그런 이야기, 듣지 못했다.

매니저인데, 여자친구인데 그런 결정을 전혀 알지 못했다니.

난 조금 표정을 굳히고 말했다. 지금은 매니저로서 말할 때였다.

"안 돼. 이제 촬영 들어갈 건데, 호스트 노릇하고 있을 시간이 어디 있어."

"걱정 마. 촬영 없을 때만 나와도 된다고 가게에서 그랬으니까."

"……가게 쪽이랑 벌써 얘기 끝낸 거야?"

"아까 카즈키랑 통화하면서 그 편에 얘기했지."

그 통화도 전혀 알지 못했다.

나는 입술을 잘근 깨물었다.

"호스트에 대해서라면 이제 충분히 알았잖아. 더 이상 출근할 필요가 있을까……?"

"더 해보고 싶어. 아직 넘버원 근처도 못 갔단 말이야."

케이타가 단호하게 말했다.

이럴 때의 그는 내 말을 귓등으로도 듣지 않는다.

그날 밤 케이타는 나를 더욱 격렬하게 안았다.

내 몸 위에 올라타 몇 번이고 절정에 오른 그는 평소보다 훨씬 격정적이고 뜨거웠다.

몇 차례의 절정이 지나간 후, 케이타가 내 얼굴을 내려다보며 물었다.

"혹시… 질투해?"

"어……?"

"손님들이랑 친해 보이니까 질투 나냐고."

"아니……."

거대한 충격이 덮쳐왔다. 몸에서 경련이 일어났다.

"그래도 이런 건 아카리하고만 하잖아."

케이타가 다시 한 번 거칠게 피스톤 운동을 반복했다.

"앗…… 아윽……!"

그의 등에 팔을 두른 나는 절대 떨어지지 않겠다는 일념으로 있는 힘껏 그를 끌어안았다.

나는 케이타를 좋아한다…….

"케이타…… 좋아해……."

"나도 아카리가 좋아……."

수없이 반복되는 키스, 그리고 허리의 움직임⋯⋯.

이렇게 서로를 사랑하는데도 케이타의 마음을 온전히 차지할 수가 없다.

"나한테도 생각이 있어."

케이타는 땀을 뻘뻘 흘리며 열심히 설명했다.

"호스트로 일하고 있다는 게 알려지면 화제가 되지 않을까? 그럼 눈에도 띄고 좋잖아. 나도 다 계산하고 하는 일이야."

그렇게 말하며 내 입술을 덮었다.

"그러니까⋯ 계속해도 되지?"

그의 허리가 깊이깊이 내 몸 안으로 들어왔다.

케이타는 모른다.

어젯밤 내가 카즈키와 이곳에서 무슨 짓을 했는지⋯⋯.

나와 케이타는 밤새도록 서로의 몸을 갈구했다.

호스트 일을 계속하겠다는 케이타를 말릴 재간이 없었다.

매번 그의 말에 넘어가는 나도 바라는 게 있다.

그에게 사랑받는 것.

이대로 영원히 그의 품에 안기고 싶은 욕심에 케이타가 무슨 말을 하든 고개를 끄덕이고 만다.

6화
날 황홀하게 만들어봐

　오늘 밤에도 난 호스트클럽 '톱 프린스'에 들를 작정이다.

　내일은 아침부터 촬영을 해야 하는데도 그는 이 시간이 되도록 가게를 떠나지 않고 있었다.

　지난번처럼 열이라도 나면 어쩌나 싶어 나는 온종일 전전 긍긍했다.

　오늘은 영업이 끝나면 무슨 일이 있어도 그를 집에 데려다 놓으리라. 나는 다시 한 번 굳게 결심했다.

　어두운 밤.

　가게 입구에 도착한 나는 시야 끝에 보이는 무언가에 이끌려 멈칫하고 섰다.

　어둠 속에서 하얀 물체가 흐릿하게 보였다.

　옷이 바람에 나부끼며 내 눈을 잡아당겼다.

뭐지…….

나는 비상계단 쪽으로 고개를 돌렸다.

자세히 보니 하얀 물체는 흰 양복을 입은 호스트였다.

호스트와 한 여자가 꼭 끌어안고 열렬히 키스를 나누고 있었다.

단단한 쇠망치로 뒤통수를 얻어맞은 기분이었다.

케이타였다.

처음 보는 하얀 양복을 차려입은 그가 머리를 노랗게 물들인 낯선 여자와 접착제로 붙여놓은 것처럼 착 들러붙어 키스를 나누고 있었다.

생각지도 못한 광경에 다리가 후들거렸다.

비틀거리던 내 발에 빈 캔커피가 걸렸다.

챙—

캔이 굴러가는 소리를 듣고 이쪽으로 고개를 돌린 케이타는 황망히 여자에게서 떨어졌다.

그러나… 이미 늦었다.

케이타가 벌레 씹은 얼굴로 입을 열었다.

"아카리, 오늘은 안 온다고 했잖아."

"내일 아침부터 촬영이 있어서 데리러 왔어."

쏟아지려는 눈물을 참으려고 입술을 꼭 깨물었다. 늘 이런 식이다. 케이타와 함께 있으면 감내해야 할 것이 수백만 가지다.

"……누구야?"

"매니저."

여자가 머쓱한 얼굴로 인사했지만 나는 모른 척했다.

얼굴을 굳히고 여자를 보낸 뒤 케이타를 돌아보았다.

"일하는 거 아니면 그만 돌아가."

"일하는 중이야. 지금은 잠깐 손님 배웅하느라……."

케이타는 내 손을 끌어당기며 허둥지둥 가게로 향했다.

"저 여자가 오늘 이 양복을 선물해 줬어. 답례로 키스해 달라고 하기에……."

계단을 내려가며 케이타는 빠른 말투로 변명했다.

"당신은 배우야. 손님이 조른다고 그런 짓까지 할 필요는 없어."

그를 힐난하는 내 목소리가 서릿발처럼 차가웠다.

"행여나 파파라치 사진에 찍혀서 더 유명해졌을 때 나돌게 되면 어쩌려고 그래?"

"알았어……. 잘못했어."

결정적인 장면을 들킨 터라 케이타는 전 같지 않게 고분고분했다.

가게 안으로 들어가자 카즈키가 우릴 발견하고 다가왔다.

케이타를 눈짓으로 홀로 보내는 모습이 매우 자연스러웠다.

"할 얘기 있으니까 따라와."

그는 VIP룸으로 나를 데리고 갔다.

전에도 몇 번 온 적 있는 이 VIP룸은 평소에는 거의 사용되지 않는다. 오늘도 언제나처럼 비어 있었다.

소파에 앉아 그를 올려다보았다.

"할 얘기가 뭔데……?"

"분위기가 심상치 않아 보여서 불렀어."

"심상치 않아 보인다니?"

"질투에 눈이 먼 얼굴이거든."

나는 화들짝 놀라며 양손으로 얼굴을 가렸다.

"……무슨 일 있었어?"

"……"

여자의 생각을 꿰뚫어보는 것도 그가 가진 능력일까.

그의 다정한 목소리를 들으니 눈물이 왈칵 쏟아질 것만 같았다.

"케이타가… 비상계단에서 웬 여자랑 키스를 하고 있잖아."

말이 터져 나오자 정말로 눈물이 흘렀다.

"……여자?"

케이타가 고개를 갸웃댔다.

"머리를 샛노랗게 물들인 여자……."

내가 다시 설명하자, 그제야 누군지 알겠다는 듯 고개를 끄덕였다.

"아, 그 여자는 좀 봐줘라."

"봐주라니, 뭘?!"

그를 노려보는 내 눈이 한층 사나워졌다.

"케이타는 연예인이야. 내일 당장 촬영을 시작해야 한다고. 그런데 밖에서 그러고 노닥거리다가 남의 눈에 띄기라도 하면 어떡해."

"그래도 그 여자는 넘어가 줘야 해."

"왜? 아무것도 모르면서 남의 일이라고 함부로 말하지 마."

"아무것도 모르는 건 당신이야. 오늘 다들 어떤 복장을 하고 있는지 봤어?"

"……아."

케이타처럼 카즈키도 새하얀 슈트 차림이다. 그러고 보니… 다른 호스트들도 모두 흰 양복을 빼입고 있었다.

"이제 알았어? 오늘은 화이트 슈트 데이야."

카즈키가 나를 애처로운 눈빛으로 쳐다보았다.

"흰 양복이 없어 난감해하던 그 자식한테 아까 그 양복을 쾌척해준 게 그 여자야."

"아……."

"몇 십만 엔이나 하는 양복을 선뜻 사줬는데 키스 한 번이 대수야?"

"…그래도 그러는 건 곤란해."

"왜, 질투 나서?"

카즈키가 내 옆에 앉아 어깨에 팔을 둘렀다.

"아카리도 나랑 몇 번이나 키스한 걸로 아는데?"

"그건 당신이 억지로……."

카즈키가 재빨리 내 입술을 덮쳤다.

"피차 마찬가진데 뭘 그래."

피식 웃으며 그는 말을 이었다.

"케이타는 돈이 없잖아. 키스로 고마움을 전하는 것 외에

무슨 방법이 있었을까?"

"……."

키스만으로도 충분히 충격인데 앞으로 점점 더 관계가 깊어져 급기야 몸이라도 섞게 된다면…….

워낙 여자를 좋아하는 케이타라 누구를 침대로 끌어들인다 해도 그리 놀랄 일은 아니다.

호스트 일을 하겠다는 그를 어떻게든 말렸어야 했는데.

"안심해. 이 VIP룸을 이용할 수 있는 건 넘버원 호스트와 그의 손님뿐이니까."

카즈키가 내 가슴을 쓸어내렸다.

"케이타는 막내라 별실에서 여자 손님과 단둘이 있지도 못해. 그러니까 기껏 해봐야 키스나 허그 정도라고."

"키스도 안 돼. 케이타는 그렇게 싸구려로 놀면 안 된단 말이야."

"질투도 참 요란하게 하는군."

카즈키는 나를 안으며 블라우스 틈으로 손가락을 집어넣었다.

"닿는 것도 아닌데 조금은 봐줘."

그의 손가락이 브래지어 속까지 들어와 젖꼭지를 희롱했다.

"아앗……."

"이거 봐. 아카리도 호스트의 손길에 젖어들고 있잖아."

"이건… 당신이 느닷없이……."

"그래도 싫어하는 것 같지는 않은데."

그의 손놀림이 더욱 거칠어졌다.

"음… 아핫……!"

아무리 VIP룸이라고는 하지만 가게 한가운데에서 이렇게 과감한 짓을 하다니…….

"하앗… 그만, 제발 부탁이야……."

"싫은데."

카즈키의 손 안에서 내 가슴이 출렁거렸다.

"호스트에게는 호스트만의 룰이라는 게 있어. 그러니까 케이타도 적당히 봐주라고. 괴로우면 내가 언제든지 예뻐해 줄 테니까."

그의 손가락이 가슴 끝에 솟아 있는 돌기를 꼬옥꼬옥 눌렀다.

나는 눈을 감고 입을 닫은 채 그가 하는 대로 내버려 두었다.

케이타를 사랑하지만, 내 몸을 만지는 카즈키의 손에 점점 익숙해지는 느낌이 들었다.

자신에게 양복을 사준 여자와 키스를 나눌 때 케이타는 무슨 생각을 했을까.

유두가 쾌락에 젖어 몸을 발딱 세웠다.

영업이 끝나고 가게 청소까지 마친 케이타는 내 눈치를 보느라 여념이 없었다.

"…아직도 화났어?"

"화 안 났어."

나는 열쇠로 문을 열고 그의 집 안으로 들어갔다.

그리고 혹시라도 그의 방에 다른 여자의 흔적이 남아 있지는 않은지 재빨리 둘러보았다. 어느새 버릇이 되어버린 절차였다.

그러나 늘 그렇듯이 휑하기만 한 방 안에는 아무 흔적도 남아 있지 않았다.

"거짓말. 화났으면서."

케이타가 불퉁하게 말했다.

"화 안 났다니까. 그래도 밖에서 그런 식으로 노닥거리는 일은 다시는 없어야 해. 누가 볼지 모르니까."

"화난 거 맞네."

케이타가 나를 뒤에서부터 안았다.

그의 따뜻한 온기에 휩싸이자 모든 일이 부질없어 보였다.

그가 다른 여자와 키스한 일도. 그리고 내 나름대로 만족감을 맛보았던 일조차…….

그저 그가 안아주었을 뿐인데도 모든 걸 용서하게 된다…….

"……그만 됐어."

나는 부드럽게 그의 가슴을 쓸어내렸다.

"지금 이렇게 같이 있어주고 날 안아주는 것만으로도 난 행복해."

"아카리……."

케이타는 나를 뒤로 돌려세우고 성급히 입을 맞추었다.

"으음……."

역시 카즈키와 키스할 때와는 전혀 다르다.

따사로운 감정이 가슴 안쪽에서 슬며시 피어올랐다. 내가 사랑하는 건 케이타야……

"그런데 그렇게 싫었어?"

"……뭐가?"

"손님이랑 키스한 거."

"……일이니 어쩌겠어."

"그래도 싫긴 하지?"

"……그거야 조금은."

"상처 준 것 같아 미안해."

케이타는 나를 안으며 이렇게 말했다.

"사과하는 뜻에서 오늘 밤은 아카리를 죽도록 사랑해 버려 야지."

케이타의 말은 빈말이 아니었다.

그는 샤워를 마치고 나온 나를 냉큼 침대 위로 눕히더니 다급하게 타월을 벗겨냈다.

둘 다 실오라기 하나 걸치지 않은 모습이었다.

살과 살이 빈틈없이 꼭 닿았다.

케이타는 수없이 내게 키스를 퍼부었다.

"나는… 말주변도 떨어지고 근사한 말도 모르거든. 그러니까 행동으로 사죄하는 수밖에……"

그의 입술이 내 가슴에 닿았다. 그리고 아래로 아래로 더 깊은 아래로 향했다.

그가 내 허벅지를 벌리며 위로 들어 올렸다.

"아앗……!"

형광등 불빛을 받아 나의 붉은 꽃잎이 선명한 빛을 발했다.

가랑이에 입을 맞추기 시작한 케이타는 샘이 있는 쪽으로 조금씩 이동했다.

마침내 케이타의 뜨겁고 뾰족하게 솟은 혀가 그곳에 닿았다.

"아앗… 으읍……!"

수줍은 마음에 다리를 오므리려 했으나 하복부에 닿은 그의 머리는 꼼짝도 하지 않았다. 내 비밀의 샘에서 결코 떠날 마음이 없는 듯했다.

예민한 그곳을 그의 혀가 맹렬한 속도로 핥고 빨고 돌리기를 반복했다.

"아핫, 케이타……!"

전에는 다소 귀찮다는 듯 잠깐 입을 대고 말았던 그가 오늘은 오래도록 그곳에 머물렀다.

진심으로 미안해하는 모습을 보니 그를 사랑하는 마음이 더욱 뜨거워졌다.

그의 혀끝이 진주 알갱이를 가볍게 건드렸다.

"아훗… 케이타……!"

그의 혀에 닿을 때마다 진주알이 움찔움찔 경련을 일으켰다.

"아카리…… 실컷 느껴봐."

케이타의 입술이 그것을 한껏 머금었다.

"아하앗……."

하반신으로 찌릿찌릿한 경련이 퍼져 나갔다.

"아카리…… 좋아……?"

케이타의 혀가 미끄러지듯 비밀의 샘 안으로 들어왔다.

"하앙……!"

아무것도 하지 못하고 그저 허리를 뒤튼다.

"아카리… 이것만으로도 갈 것 같지……?"

"케이타… 안 돼……!"

뜨겁게 내뱉은 숨이 무성한 숲을 건드리는 것으로도 모자라, 평소보다 더욱 열렬한 그의 혀가 샘 입구를 무수히 드나들었다.

"아윽……!"

온몸이 희열에 젖어 정신이 아득해졌다. 나는 몸에서 힘을 빼고 쾌락에 몸을 내맡겼다.

"내 나름대로 사죄하는 거라고……."

케이타가 반쯤 정신이 나간 내 몸 안으로 딱딱한 것을 밀어 넣었다.

"케이타……."

그의 일부를 받아들일 때마다 늘 생각한다.

우리는 하나가 되었어…….

일적으로나 사적으로나, 우리는 언제나 하나다.

"엄청 젖었는데, 아카리."

"케이타가 이렇게 갑자기 들어오니까……."

"나름대로 사죄하는 중이니까."

"이제 충분해."

"정말이야?"

케이타는 환한, 그리고 기세등등한 얼굴로 허리를 움직였다.

"이제 언짢은 일은 모두 날려 버려."

"응… 너무 좋아……!"

그는 침대 위에서 앉아 그 위에 나를 앉혔다. 몸 안으로 그의 분신이 뚫고 들어왔다.

"아흑……!"

케이타가 허리를 거세게 움직였다.

"아앗…… 좋아."

도취감에 머리가 혼미해진다.

"또 갈 거 같아…… 또…….."

"내가 보내줄게."

케이타가 허리를 위아래로 움직일 때마다 내 몸이 허공으로 튀어 올랐다.

"아아앙… 케이타, 어떡해……!"

나는 케이타에게 온 힘을 다해 매달렸다.

앞으로도 케이타는 다른 여자와 키스를, 아니, 더한 짓도 할지 모른다.

그래도 난 번번이 그를 용서하고 말리라.

"케이타…… 사랑해…….."

나는 케이타를 와락 끌어안았다.

7화
흔들리는 몸

내가 회사 일로 급히 '톱 프린스'에 도착한 건 막 정오를 넘겼을 무렵이었다.

호스트클럽은 자정에 문을 닫는다. 그리고 다음 날 오후 세 시부터 청소와 미팅을 한 뒤 여섯 시에 문을 연다.

그것이 그들의 스케줄이라고 한다.

케이타가 호스트 노릇을 하게 되면서 알게 된 사실이었다.

호스트라면 주로 밤에 일하는 줄 알았는데 최근 들어선 자정이 되면 모든 영업을 마무리한다나.

어쨌거나 지금은 대낮이고, 평소 같으면 가게에 아무도 없을 시간이다.

"왜 이제 와."

문을 열자 은색 소파에 눈처럼 하얀 슈트를 입은 누군가가 앉아 있었다.

카즈키였다.

언제나 VIP룸에서 만나니, 마치 이 방이 그를 위해서만 존재하는 방인 것 같은 기분도 든다.

"미안해. 길이 어찌나 혼잡하던지……."

나는 늦은 이유를 간단히 설명하며 가방에서 메모지를 꺼냈다.

"미안한데, 좀 급해. 빈 양주병 몇 개만 줄 수 있을까?"

오늘 케이타가 호스트 역을 맡아 출연하게 된 미니시리즈의 촬영이 시작되었다.

케이타는 그 역을 위해 진짜 호스트 클럽에서 일을 배웠다.

그런데 기합이 너무 들어간 탓에 매 장면마다 실수 연발이었다. 매니저인 내 눈에도 그의 어설픈 연기가 거슬릴 정도였다.

급기야 그는 처참한 실수를 저지르고 말았다.

한창 촬영 중에 무언가에 발이 걸려 소파 위로 고꾸라진 것이다.

그 바람에 테이블 위를 가득 메운 고급 술병이 모조리 바닥에 떨어져 박살 났다.

촬영 스태프는 따로 준비한 술병이 없다며 볼멘소리를 했다.

"일부러 호스트클럽까지 가서 빈병을 받아온 거구만, 저더러 또 가라고요?"

툴툴대는 스태프에게 몇 번이나 고개를 조아리며 나는 현장에서 뛰쳐나왔다.

'톱 프린스'로 튀어가 빈병을 가져올 작정이었다.

그러나 한발 늦게 아직 가게가 텅 비어 있을 시간이라는 걸 깨달았다.

조마조마한 마음으로 가게에 전화를 걸어보았더니, 누군가 전화를 받는 게 아닌가!

그게 카즈키였다.

호스트 잡지 촬영을 위해 일찌감치 가게에 나온 참이라고 했다.

"살았다! 카즈키가 날 살렸어!"

광속으로 튀어가 빈 양주병을 그러모으는 내 손을 카즈키가 홱 잡아챘다.

"맨입으로?"

주변을 둘러보니 나와 카즈키뿐, 가게는 텅 비어 있었다.

호스트 잡지 촬영은 벌써 끝난 걸까.

"그럼……? 돈이라도 낼까?"

"당연히 아니지."

그는 나를 뚫어지게 응시했다.

무섭도록 서늘한 눈빛이었다.

"조건이 두 개 있어."

"……뭔데? 난 지금 당장 세트장으로 가야 해. 시간이 별로 없어."

"오래 안 걸려."

카즈키의 입에 희미한 미소가 걸렸다.

"하나는 촬영현장에 나를 대동할 것."

"뭐……?"

"오픈 전까지 한가하거든. 드라마 제작 현장에서 보이는 경제구조를 내 눈으로 보고 싶어."

"그거라면 가능할 거 같긴 한데……."

"그리고 또 하나……."

카즈키는 소파에서 일어나 나를 뒤에서 안았다.

"앗……?"

그리고는 블랙 타이트스커트를 거칠게 끌어올렸다.

"왜 이래……?!"

"두 번째 조건은 아카리의 몸이야."

"몸이라니……!!"

"……이렇게."

스타킹과 함께 팬티를 끌어내린 그는 볼록 솟은 엉덩이를 움켜쥐었다.

엉덩이 한가운데, 보기 좋게 갈라진 계곡 사이로 딱딱하고 곧은 물체가 닿았다.

"아카리가 오케이하면 얼마든지 빈병을 내주지."

지퍼를 내리는 소리가 들렸다.

"나, 난… 촬영장으로 돌아가야 해."

돌아보지도 못할 만큼 그의 팔 안에 단단히 갇힌 나는 간신히 속삭였다.

"이거…… 원하지 않아?"

내가 볼 수 있게 그는 엉덩이 옆으로 자신의 분신을 들이밀었다.

"지금은…… 이럴 때가 아니야……."

"그럼 병은 딴 데 가서 구해야겠군."

"말도 안 되는 소리 그만해. 이건 절대 안 돼."

"안 되기는."

그가 나지막이 웃으며 스타킹과 팬티를 무릎까지 단번에 내렸다.

"시험해 볼까? 정말 안 되는지."

"안 돼!"

앞에는 벽이 가로막고 있고 뒤에는 그가 버티고 서 있는 터라 달아날 수도 없었다. 나는 중심을 잡으려고 벽에 양손을 짚었다.

"케이타를 위해서야……."

카즈키가 양손으로 엉덩이를 움켜쥐었다.

눈앞에 짙게 물든 아랫입술이 나타났다.

"그만……. 여기서 이런 짓을 하다니……."

"병은 포기할 거야?"

"……."

내가 입술을 깨문 순간, 카즈키의 물건이 뜨겁게 돌진했다.

"아윽…… 안 돼!"

"이미 들어갔어……."

선명한 감촉이 느껴졌다.

벽을 뚫고 달아나고 싶은 심정이었다.

이런 가게에서, 케이타가 아닌 다른 남자의 것을 받아들이다니.

거대한 물건이 더 깊이 들어오는 게 느껴졌다.

"핫…… 안 된다고 했잖아!"

"그만할까?"

카즈키가 동작을 멈추었다.

"아카리……."

카즈키가 뒤에서 내 몸을 세게 끌어안았다.

"이렇게 젖어놓고."

"말도 안 돼……."

"나랑 하고 싶어서 젖은 거잖아."

카즈키가 성마른 동작으로 허리를 움직였다.

"흡…… 아웃……!"

지금까지 이런저런 일을 당했어도 마지막 선만은 넘지 않았다.

그런데…….

"아카리…… 느낌이 대단해……."

감칠맛 나는 음성으로 속삭이며 그는 유연하게 허리를 돌렸다. 조금씩 움직임이 거세졌다.

"아… 앗, 앙……."

참으려고 해도 본능적으로 신음 소리가 새어나왔다.

케이타를 위해서 한시라도 빨리 촬영장으로 돌아가야 하건만…….

내가 이 굴욕을 견디는 이유는 오로지 하나뿐이다.

케이타의 환한 미소를 위해…….

"나올 것 같아……."

한숨과 같은 탄성 이후, 뜨거운 액체가 뿜어졌다.

"감도가 대단한걸. 이렇게 순식간에 이성을 잃은 건 정말 오랜만이야."

"……."

할 말이 없었다. 아니, 하고 싶지 않았다.

케이타가 아니면 안 된다고, 지금껏 그렇게 생각해왔건만.

나는 그렇게 순정적인 여자가 아니었다.

카즈키에게 안긴 순간, 그의 말대로 나는 이미 젖어들고 있었다.

부끄럽지만 부정할 수 없는 사실이었다.

결국… 받아들이고 말았어…….

나와 카즈키를 태운 택시가 총알같이 달려준 덕분에 금세 촬영장에 도착할 수 있었다.

"늦어서 죄송합니다!"

부리나케 달려가 빈 양주병을 테이블 위에 세팅했다.

고작 이 빈 양주병을 구하기 위해 카즈키에게 몸을 내주었다.

거기에 생각이 미치자 수치심과 분노가 한데 얽혀 손이 파들파들 떨렸다.

하마터면 병을 또 쓰러뜨릴 뻔한 나는 잡생각을 밀어내고 준비를 마쳤다.

잊고 싶었다.

어서 잊어버리고 싶었다.

굴욕적인 기억을 걷어내고 싶건만, 머리에서 지워 버리고 싶건만……

내 몸에 들어왔던 카즈키의 감촉이 너무나 생생했다.

우여곡절 끝에 촬영이 재개되었다.

무사히 소품이 준비된 덕분에 순조롭게 한 씬 한 씬 촬영이 이어졌다.

하지만, 시간이 흐르자 케이타는 또다시 오버액션으로 감독의 짜증을 부추겼다.

"지금 그걸 연기랍시고 하는 거야? 자꾸 오버할래!"

"대본에… 여자 손님과 신나게 즐기라고 되어 있어서요……"

케이타는 오른손으로 여자 손님의 어깨를 두르고 왼손으로는 글라스를 치켜들었다.

"그거 말고 있잖아. 좀 더 그럴 듯한 동작이 있을 거 아니냐고. 야, 너 진짜 호스트 클럽에서 일해본 거 맞아?"

케이타는 애원하는 눈초리로 나를 바라보았다.

그의 눈이 휘둥그레졌다.

카즈키가 내 옆에 서 있는 걸 보고 깜짝 놀란 모양이었다.

"그 호스트처럼 생긴 놈은 또 누구야?"

감독도 카즈키를 발견하고 마뜩찮은 표정을 지었다.

"케이타가 호스트 일을 배우고 있는 가게 사람인데… 오늘은 견학 삼아……."

"뭐야, 빨리 얘기를 하지. 이봐, 자네. 이쪽으로 좀 와봐. 저 녀석한테 제대로 된 동작을 보여주면 안 될까?"

"……그러죠."

카즈키는 서슴없이 세트장 안으로 들어갔다.

자연스러운 동작으로 여자 손님 옆에 앉더니 어깨에 팔을 걸치고 귓가에 대고 무언가를 속삭였다.

여자 손님 역의 배우가 그 대담한 행동에 잠깐 움찔하는 것 같더니, 이내 살풋 웃음을 터뜨렸다.

자연스러운 모습.

카즈키가 그녀의 머리카락을 쓸어내리며 대화를 시작했다.

"……잘하네. 하긴, 당연한가. 진짜 호스트니까. 케이타, 저런 느낌으로 가는 거야, 알았지?"

"……네."

케이타는 카즈키의 동작을 따라했다. 그러고 나서야 얼추 호스트다운 분위기가 풍겼고 감독도 오케이 사인을 냈다.

자동차가 큰 빌딩 지하주차장으로 들어섰다.

케이타가 출출하다기에 레스토랑에 들렀다 가기로 했다.

하지만 시동이 꺼졌는데도 케이타는 내릴 생각을 하지 않았다.

이 빌딩은 지하 이층에서 사층까지 주차장 시설이 완비되어 있어서 나는 일부러 한적한 사 층에 차를 댔다. 예상대로

사 층은 텅 비어 있었다.

움직이는 차가 없어 조용한 주차장에서, 케이타가 내리깔고 있던 눈을 들지 않고 말했다.

"……그 녀석은 왜 데리고 온 거야?"

잠깐 누구를 이야기하는 건지 이해하지 못했다.

"그 녀석? 카즈키 말하는 거야?"

"응."

케이타는 심기가 매우 불편해 보였다. 얼굴에 짜증이 떠올라 있다.

"양주병을 빌려주는 대신 촬영현장을 견학하고 싶다기에 데리고 간 것뿐이야."

조심스럽게 대답은 했지만, 그는 듣고 있지 않는 듯했다.

"그 자식이 나타나는 바람에 나만 우스워졌어. 그놈은 진짜니까 나보다 잘하는 게 당연하지."

카즈키의 시범은 한 번으로 끝나지 않았다. 그는 몇 차례 더 시범을 보였고 케이타는 그를 그대로 흉내 내야 했다.

"그게 무슨 연기야. 그저 카즈키를 흉내 낸 거지. 나한테도 내 나름의 호스트 이미지가 있는데……. 끝내 보여주지도 못했잖아."

케이타의 입술이 바르르 떨렸다.

"미안해……."

사과했지만, 케이타가 내 재킷을 난폭하게 열어 젖혔다.

단추가 뜯어져 바닥에 떨어졌다.

"지금… 뭐하는 거야?"

"……."

케이타는 운전석 시트를 내리고 내 몸 위로 자신의 몸을 겹쳤다.

"케이타, 왜 이래?"

"짜증나서 죽을 것 같아. 위로해 줘."

케이타가 스커트를 걷어 올린 순간, 내 몸이 경련을 일으켰다.

바로 몇 시간 전에 이 스커트를 케이타와 똑같이 카즈키가 걷어 올렸다.

그리고 내 몸을 뚫고 들어온…….

"……싫어!"

얼결에 케이타를 힘껏 떠밀었다.

"…아야……!"

"미, 미안해."

"왜 이렇게 펄쩍 뛰는 거야?"

"장소가 그렇잖아…….."

"아무도 없는데 어때."

케이타가 청바지 지퍼를 내렸다.

눈 깜짝할 사이에 스타킹과 팬티가 벗겨져 조수석 위에 떨어졌다.

"부탁이야. 집에 가서 샤워하고 나서 하자…….."

하지만 내 말은 아랑곳 않고 아직 카즈키의 감촉이 남아 있는 내 몸에……, 케이타가 들어왔다.

"아윽…… 케이타……!"

격통이 내 몸을 관통했다.

케이타가 한 번에 밀고 들어왔다.

"아앗……!"

익숙한 케이타의 감촉에 눈물이 났다.

아까 억지로 내 몸을 휘저었던 카즈키의 것은 너무나 생경하고 낯설었다.

케이타의 남성과 나의 여성이 빈틈없이 밀착되어 하나로 녹아들었다.

"으음…… 케이타, 기분 좋아……!"

나는 케이타를 와락 끌어안으며 그의 격렬한 움직임을 받아들였다.

"분해… 분해……!"

케이타는 이를 악물며 자신의 남성으로 끝없이 나를 공격했다.

"케이타… 케이타가 제일 멋지니까 걱정 마……."

나는 계속해서 사랑한다고 속삭이며 그에게 입을 맞추었다.

뜨거운 격정이 지나고 나자 케이타는 안도하며 내 몸에 뜨거운 액체를 쏟아냈다.

나는… 케이타를 사랑한다…….

8화
마음을 짓누르는 쾌감

케이타가 촬영과 호스트 일을 병행한 지 어느덧 두 주가 지났다.

촬영이 없는 날에만 짬이 나기 때문에 가게에 나갈 수 있는 건 일주일에 고작 하루나 이틀뿐인데도 케이타는 고집을 꺾지 않았다.

"캐릭터를 만드는데 그만큼 도움이 되는 곳은 없어. 진짜 호스트 클럽이니까."

호스트 역을 위해 열과 성의를 다해야 한다며 케이타는 매니저인 나를 설득했다.

그러나 그의 진심을 모를 내가 아니다. 그는 호스트 세계에 매료된 게 분명했다. 어쩌면 배우보다 더욱.

지금 그의 머릿속엔 넘버원이 되겠다는 일념뿐이다.

지난 두 주 동안 손님이 새로운 양주병을 따게 만드는 데 수차례 성공하면서, 그는 매상 순위 넘버투에 당당히 이름을 올렸다.

드라마 출연 배우라는 점이 손님의 흥미를 돋운 것이다.

지금은 드라마에 집중할 때인데, 매니저인 내 말은 한 귀로 흘리며 그는 오로지 일 위를 향해 맹렬히 질주했다.

그러나 일 위와의 격차는 그리 호락호락하지 않았다.

이번 달에 줄곧 일 위를 꿰차고 앉은 이는…… 늘 그렇듯이 카즈키였다.

카즈키한테 목을 맨 손님들은 되도록 그가 출근하는 날에 맞춰 가게를 찾았고 그에게 기꺼이 고급 샴페인을 헌납했다.

부동의 일 위를 지키는 카즈키에게 대항하려는 케이타.

딱 잘라 말해 무모한 도전이었다. 그런데도 본인이 저렇게 막무가내로 덤비니 막을 방법이 없었다.

그런 그에게 오늘 밤 자그마한 낭보가 날아들었다.

케이타에게 먹을 것을 가져다주려고 온 내게 그가 싱글벙글 웃으며 그 소식을 전해주었다.

"오늘 누가 왔게? 놀라지 마. 히메노 아유무야!"

히메노 아유무. 섹시하고 풍만한 육체와 거대 소속사의 힘을 무기로 최근 영화나 드라마에서 주가를 높이고 있는 어린 배우다.

"히메노 아유무랑 얼굴을 텄지 뭐야!"

케이타는 '벌써 먹었어'라며 내가 가져온 음식을 밀어냈다. 기껏 사들고 온 피자가 테이블 위에서 차게 식어갔다.

"히메노 씨가 중국요리를 주문해 줬거든. 내가 드라마에 출연한다니까 한턱 쏘겠다잖아."

"좋았겠네."

말은 그렇게 했지만 속마음은 그렇지 못했다.

"그 여자한테 지명받았어?"

"아니, 히메노 씨가 지명한 건 카즈키야. 나는 오늘 헬프로 붙은 거고."

마음이 한결 가벼워졌다.

'톱 프린스'의 시스템은 영구 지명제다.

요컨대 호스트를 한번 지명하면 다른 호스트로 바꿀 수 없다는 뜻이다.

히메노 아유무가 카즈키를 지명했다면 제아무리 케이타가 마음에 들었다 해도 그에게로 갈아타지 못한다.

케이타는 집에 와서도 아유무에 대해 끝없이 주절거렸다.

"진짜 여배우 아우라가 장난 아니더라. 피부도 진주처럼 어찌나 빛이 나던지……."

본인도 연예인인 주제에 케이타는 아유무를 직접 봤다며 호들갑을 떨었다.

"동종업계 사람이라 대화가 통했을 테니 재밌었겠다. 좋은 자극이 됐겠어."

"응. 그런데 카즈키하고도 길게 얘기를 하더라고."

케이타는 그게 불만인 듯했다.

"그 자식의 어디가 그렇게 좋은 걸까."

부동의 넘버원을 자랑하는 카즈키의 매력에 대해 케이타

는 아직 감도 못 잡은 눈치였다.

"아유무 씨는 카즈키가 자주 일을 쉬는 게 서운하대. 더 많이 얘기하고 싶다나 뭐라나."

나로는 부족한가, 하고 케이타는 한숨을 내쉬었다.

"케이타한테는 케이타만의 장점이 있잖아."

나는 그의 어깨를 토닥여 주었다.

샤워를 했는데도 그의 몸에서는 희미하게 향수 냄새가 났다.

케이타는 한숨 같은 소리를 내며 투덜거리는 음성으로 말했다.

"카즈키는 손꼽히는 연구소 직원이라 아는 건 많을 거야. 학교 다닐 땐 시시하고 별 볼 일 없는 자식이었는데."

나는 그의 어깨와 목덜미에 키스를 했다.

샤워를 하고 난 직후라 그의 피부는 서늘하고 촉촉했다.

"아유무 씨는 어려운 얘기를 하는 게 좋은가 보지."

"어차피 난 바보니까. 뉴스도 거의 안 본다니까 어이없어 하더라."

케이타는 쓰게 웃었다.

깜찍한 마스크를 가진 스무 살짜리 아유무가 의외로 뉴스를 좋아하더라며 그는 떨떠름한 표정을 지었다.

"그런 어려운 얘기라면 카즈키만한 놈이 없긴 해."

등을 돌려 나를 마주보는 케이타의 얼굴에는 미묘한 질투가 어려 있었다.

케이타는 내 가슴에 얼굴을 묻었다.

"아유무 씨는 그렇게 가슴이 크면서 왜 뉴스 같은 걸 좋아하는지 몰라."

내 가슴 안에서 목소리가 살짝 진동을 만들어내 심장을 떨리게 한다.

"다들 가슴 얘기만 하니까 호스트 클럽에서는 다른 얘기를 하고 싶은 걸 거야."

케이타가 가운을 벗기자 말캉한 가슴이 훤히 드러났다.

"난…… 재미있는 얘기만 하고 싶은데."

가슴 정상에 솟은 딸기를 그가 욕심껏 베어 물었다.

"으음……"

케이타는 언제나 자신의 기분에 솔직하다. 그리고 그게 그의 매력이다.

춥춥, 하는 소리를 내며 그가 젖꼭지를 빨았다.

이런 케이타가 과거에 카즈키의 애인을 가로챘다고 한다.

카즈키의 애인은 어째서 케이타에게 돌아선 걸까.

혹시 물가에 내놓은 어린애 같은 그의 어리숙한 모습에 모성애를 느낀 걸까. 내가 그랬던 것처럼…….

나와 케이타는 키스를 나누며 서로의 가슴을 탐했다.

케이타는 평소보다 오래도록 가슴을 만졌다. 마치 히메노 아유무의 가슴을 떠올리는 것처럼 열심히 손을 움직였다.

민감한 내 가슴은 벌써 움찔움찔 반응을 보이고 있었다.

백합처럼 하얀 두 개의 봉우리가 탄력 있게 출렁거렸다.

"이제 그만해……. 창피하게 왜 가슴만…….."

"만지고 싶어."

언제나 자신의 욕구에 충실한 케이타는 두 개의 공을 어루만지기도 하고 좌우로 흔들기도 했다.

"하… 아……."

찌릿한 쾌감이 전신으로 퍼져 나가자 달뜬 한숨 소리가 새어나왔다.

케이타는 나를 엎드리게 하고 뒤에서 자신의 분신을 찔러넣었다.

"앙… 케이타……!"

뜨거운 불덩어리가 내 몸 안에서 열기를 뿜어냈다.

케이타의 분신은 잔뜩 열이 올라 있었다.

"아카리…… 잔뜩 젖었어."

케이타는 내 엉덩이를 단단히 붙잡고 거칠게 허리를 움직였다.

"이렇게 나를 원했어?"

"응… 나는……."

호스트클럽에서 그가 수많은 여자를 상대한다고 생각하면 미칠 것만 같았다.

집에서 안절부절못하고 있던 나는 결국 이렇게 야심한 밤에 그의 집을 찾아오고야 만 것이다.

"걱정 마. 난 언제나 아카리한테로 돌아오게 되어 있으니까. 지금도 그렇잖아?"

"……악!"

후끈하게 밀고 들어오는 불기둥에 새된 비명이 터져 나왔다.

"케이타, 잠깐… 잠깐만……!"

불도저처럼 돌진하는 그의 기세에 내 엉덩이가 파도처럼 출렁거렸다.

"아앗…… 죽을 것 같아……!"

거침없는 그의 움직임에 허리가 후들거렸다.

"아흐윽……!"

나는 시트에 푹 파묻혔다.

"너무… 좋아……!"

그가 공격해 들어올 때마다 엉덩이가 조였다가 다시 풀어졌다.

"아카리, 굉장해……."

케이타가 더욱 깊이 들어와 내 안을 가득 메웠다.

"케이타가 내 몸 안에 꽉 찼어……."

"아카리가 날 꽉 잡은 느낌이야……."

케이타가 혼미한 눈으로 소리쳤다.

"아카리……."

케이타는 내 허리를 꽉 붙들고 절정으로 치달았다.

뜨끈한 물보라가 내 몸 안에서 산산이 흩어졌다.

이 순간이 가장 좋았다. 케이타가 나를 사랑한다는 증거를 보여주는 것만 같아서…….

다음 날 아침, 나는 뜻밖의 장소에서 카즈키와 마주쳤다.

도심 한복판에 위치한 호텔 라운지에서였다.

"어쩐… 일이야? 이런 곳에서."

"아카리야말로 무슨 일인데?"

"피디랑 약속이 있어서……."

카즈키는 호스트 일을 할 때와 달리 옅은 회색 비즈니스 양복을 입고 있었다.

"출근하는 길?"

"응. 호텔에서 바로 출근."

"간밤엔 가게에 안 보이던데."

"출장 호스트 의뢰가 들어왔었거든."

가슴이 덜컹했다.

출장 호스트 일로 그가 호텔에서 한 일은 대체 뭐였을까.

카즈키는 히죽 웃으며 내 손을 잡아당겼다.

"좋은 거 보여줄게."

그가 데려간 곳은 연회장이었다.

"아무도 없네……."

"파티는 저녁에나 열리니까 지금은 아무도 없는 게 당연하지."

카즈키가 나를 손짓해 불렀다.

그리고 두툼한 카펫이 깔린 복도 한구석에 나를 몰아넣더니 뒤에 서서 치마를 걷었다.

"지, 지금 뭐하는 거야?"

"뭐하는 거냐니, 하고 싶다는 표정이었잖아."

"그, 그럴 리가……."

당황한 나는 몸을 비틀었다.

"나 약속 있어……."

"나도 회사 가야 하니까 금방 끝내줄게."

그가 내 손에 자신의 것을 쥐어주었다.

벌써 크고 단단해져 있었다.

"봤지? 지금 당장 할 수 있어."

"내가 왜 당신이랑……."

"내가 아카리를 원하니까."

카즈키는 민첩하게 내 팬티를 내리고 수풀 속으로 요령있게 파고들었다.

"앗, 이러지 마."

나는 울먹거리며 애원했다. 그렇지만 내 허리를 잡고 있는 그의 손은 결코 힘을 풀지 않았다.

목덜미에 코를 묻고 잠깐 내 체취를 맡는 듯하던 카즈키가 다시 한 번 단단히 내 엉덩이를 잡았다.

이제 막 젖기 시작한 건조한 수풀 속으로 그의 몸 일부가 들어왔다.

"아파……!"

절로 미간이 찌푸려졌다.

어둑어둑한 연회장 한쪽 구석에서 나는 선 채로 카즈키의 공격을 받아내야 했다.

그는 늘 이렇게 뒤에서 나를 범한다.

눈과 눈이 어긋나 서로의 마음을 들여다 볼 수 없는 자세로.

그런데도 이렇게 뜨겁게 하나가 되었다는 게 아이러니했다.

"헉… 하앙……."

소리를 낼 수 없는 상황이라 나는 벽에 기대어 거친 숨을 몰아쉬었다.

"양복 차림 그대로 하니까 흥분되지 않아?"

카즈키가 속삭였다.

남색 타이트스커트가 위로 말려 올라간 탓에 동그랗고 하얀 엉덩이가 그대로 드러났다.

카즈키는 벨트를 풀고 지퍼를 내려 자신의 일부만 내어놓은 모습이었다.

우리 모두 평소에는 꼭꼭 감추고 사는 부분만을 노출한 채 하나가 되어 있었다.

"어떻게 만나자마자 바로 이래……."

"피차 바쁘니까 이렇게라도 애정을 확인해야 하지 않겠어?"

"애정이라니……."

그의 유연한 몸놀림에 정신이 아득해졌다.

"애정, 없어?"

그가 다시 세차게 허리를 밀어 올렸다.

"당연히…… 없지……."

"그럼 냅다 달아날 것이지 왜 이러고 있지?"

"……."

밑도 끝도 없이 덤벼드는 게 그다지 싫지는 않았다.

땅이라도 가를 것처럼 무섭게 돌진하는 그의 몸을 나는 저 깊은 곳까지 받아들였다.

"아앗……."

인적 없는 복도 한쪽 구석에 우리의 거친 숨결이 희미하게 울려 퍼졌다.

"이렇게 느끼면서……."

카즈키는 의기양양하게 속삭이며 살짝 허리를 뒤로 뺐다가 다시 세차게 들이밀었다.

"흡."

나는 가까스로 버티고 서서 그를 받아들였다.

어째서 이렇게 매번 그를 받아들이고 마는 걸까.

달아날 수도 있었는데…….

은밀한 동굴이 카즈키의 몸을 휘감았다.

"나를 빨아들이는 느낌이야."

카즈키의 습한 음성이 귓가에 닿았다.

내가 좋아하는 건 케이타다.

케이타가 아닌 남자와는 절대 몸을 섞을 수 없을 거라 생각했는데…….

그럼에도 난 이렇게 카즈키의 리듬에 맞춰 엉덩이를 흔들고 있다.

바람을 피웠던 케이타가 뇌리를 스치고 지나갔다.

몽롱한 의식 저 너머로 의문이 든다.

케이타도 이런 식으로 다른 여자와 관계를 가졌을까?

그저 알고 싶었던 것뿐인지 모른다.

다른 여자와 뒹구는 케이타의 마음을. 그 마음속에 자리한 게 죄책감인지 아니면 흥분인지…….

나는…….

쿠웅! 허리가 꺾일 만큼 강렬하게 카즈키가 들어왔다.

"윽……."

전신이 마비될 만큼 짜릿한 쾌감에 내 입에서 가르릉하는 소리가 새어 나왔다.

"아카리… 나올 것 같아……."

카즈키가 허리로 크게 한 번 원을 그렸다.

다음 순간 더욱 깊은 곳으로, 더욱 강렬하게 불덩이가 박혀 들어왔다.

나는 사력을 다해 그것을 받아들였다.

그의 비릿한 안개가 내 몸 안에 세차게 뿜어졌다.

이제 우리는 더 이상 타인이 아니다.

은밀한 부분이 밀착된 자세 그대로인 채, 문득 그런 생각이 들었다.

카즈키라면 뒷탈없이 적당히 즐길 수 있을 것 같았다.

그래도 카즈키의 목적은 바람이 아니다. 케이타에게서 나를 빼앗는 것.

자신의 애인을 빼앗아간 케이타에게 복수하는 것…….

9화
침묵을 원한다면

그날, 나는 만취한 케이타와 함께 택시에 타고 있었다.

오늘 저녁에는 케이타가 출연한 미니시리즈 종방 파티가 성대하게 열렸다.

대히트라고 까진 못해도 괜찮은 시청률을 올렸고 무엇보다 평이 좋아서 감독은 파티 내내 싱글벙글이었다. 특히 케이타에게 칭찬을 아끼지 않았다.

"고생했어, 케이타. 진짜 호스트 클럽까지 다니며 열정을 불살라 줘서 내가 감동했잖아."

"아닙니다! 캐릭터를 위해서라면 뭔들 못하겠어요."

케이타는 호기있게 대답하며 자랑스러운 표정을 지었다.

호스트를 연기한 다른 연기자들 중 케이타처럼 진짜 호스트 클럽에 가서 일을 배운 사람은 아무도 없었다.

이번 일로 케이타는 감독에게 근성있는 배우로 자리매김한 듯했다.

종방 파티가 마무리될 즈음 감독은 이런 말까지 덧붙였다.

"케이타, 기회되면 또 같이 일해보자고."

노력을 인정받아서인지, 드라마가 성황리에 끝나서인지, 한껏 흥이 난 케이타는 거나하게 취해 버렸다.

"으음…… 아카리……."

택시에 타자마자 그는 양손으로 내 얼굴을 쥐고 쪽, 하고 소리가 나도록 입을 맞췄다.

"케이타…… 이러지 마……."

내가 몸을 뒤로 빼도 그는 계속해서 내 입에 키스했다.

그가 택시 안에서 이런 모습을 보이는 건 처음이었다.

주위가 눈에 들어오지 않을 만큼 얼큰하게 취한 탓이다.

"조금만 더 가면 집이니까 조금만 참아."

"싫어, 안 참아."

동그란 눈으로 케이타가 내 얼굴을 가만히 들여다보았다.

속된 말로 카메라 마사지를 받아서인지 그는 전과 달리 몰라보게 세련돼졌다.

'케이타… 정말 더 멋있어졌구나…….'

머리카락도 라이트브라운으로 염색하고 실버 피어스와 목걸이, 팔찌로 장식한 그는 언뜻 보면 잘나가는 호스트로 보일만큼 화려한 느낌을 풍겼다.

실제로 호스트클럽에서 일하고 있으니 당연하다고 해야

하나.

"아카리… 사랑해……."

케이타가 입을 쑤욱 내밀었다.

"읍… 안 된다니까……."

케이타의 체온으로 입안이 후끈 달아올랐다.

"앗……!"

택시 안에서 케이타와 나의 짙은 입맞춤이 이어졌다.

"창피하게 왜 이래, 케이타……. 우리 아직 택시 안이야……."

"뭐 어때서 그래……."

케이타의 손이 내 가슴에 닿았다.

"아……."

그가 옷 위로 봉긋하게 솟은 가슴을 문질렀다.

나름대로 큰 배역을 무사히 마친 흥분이 좀처럼 가시지 않는지, 그는 열기 띤 손을 치마 속에 넣어 팬티라인을 쓰다듬기 시작했다.

"케이타…… 조금만 참아."

"감독님이 아카리더러 섹시한 매니저래."

"뭐……?"

살짝 토라진 얼굴로 그가 말을 이었다.

"그러면서 나한테 '매니저랑 해본 적 있어?' 라고 묻잖아."

"그래서 뭐라고 대답했어?"

"당연히 그런 적 없다고 했지. 그럼 뭐라고 대답해?"

팬티에 케이타의 뜨끈한 손가락이 닿았다.

"실은 눈만 뜨면 하고 있지만……."

"케이타도 참……."

그의 손가락이 꽃잎을 세기 시작했다.

갈증 난 눈으로 팬티를 옆으로 밀어내고 꽃술을 건드렸다.

"……헉."

달리는 차 안. 케이타는 내 몸 깊은 곳에서 피어난 꽃잎을 하나하나 펼쳤다.

"케이타, 안 돼……. 조금만 더 가면 집이니까 제발 참아 줘……."

그에게 입술을 빼앗기며 나는 간절히 애원했다.

그러나 꽃잎을 세는 그의 손가락은 전보다 더욱 세차고 빨라질 뿐이었다.

"안 돼……."

머릿속이 새하얗게 변한 순간, 다행히 택시가 집 앞에 도착했다.

케이타의 집에 들어설 무렵에는 둘 다 맹렬히 불타오를 것처럼 달아올라 있었다.

나를 침대 위에 쓰러뜨린 케이타는 옷도 채 벗지 않고 그대로 내 몸을 덮쳤다.

"……읍…… 케이타……."

우리는 뜨거운 키스를 나누었다.

케이타의 손이 치맛자락을 말아 올리고 팬티가 옆으로 밀려나 고스란히 드러나 있는 부분을 만졌다.

그는 단번에 내 몸 안으로 뚫고 들어왔다.

"……아흑……!"

택시 안에서 이미 달아오를 대로 달아올랐었기 때문에 케이타의 기둥은 기세등등하게 커져 있었다.

"앗…… 대단해……."

내 허리가 움찔움찔 경련을 일으켰다.

케이타는 허리를 움직이는 데에만 집중했다.

"아흡, 케이타……."

영원히 끝나지 않을 것 같은 그의 움직임에 나는 물기 어린 비명을 내질렀다.

그는 나를 원한다.

제아무리 호스트 클럽에서 손님에게 인기를 끈다 해도 그가 돌아올 곳은 언제나 내 품…….

그의 연예 활동을 가장 굳건하게 지탱해 주는 존재도 바로 나다.

케이타도 그걸 충분히 알고 있으리라.

드라마에 출연했다는 기쁨, 그 드라마가 무탈하게 막을 내렸다는 안도감…….

우리는 그 모든 것을 공유하고 있다.

"케이타……."

무아지경에 빠져 내 몸을 갈구하는 케이타의 모습이 사랑스러워 견딜 수가 없었다.

그의 등 뒤로 양팔을 두르고 꼭 끌어안았다. 그사이에도 케이타의 허리는 멈추지 않았다.

두 사람의 몸에서 땀이 배어나오고 서로의 피부가 밀착했다가 다시 떨어졌다.

"어떡해…… 미칠 것 같아……."

몸 안에서 꿈틀대는 그의 격렬한 움직임에 비명이 터져 나왔다.

케이타는 더욱더 강하게 허리를 밀어붙였다.

"미치면 되지."

그는 탱탱하게 솟은 내 다리 사이에 기둥을 찌르며 엉덩이를 더욱 넓게 벌렸다.

"아윽……!"

그리고 안쪽까지 더 깊이 기둥을 들이밀었다.

"아아앗, 케이타, 어쩜 좋아……."

지금까지 그 무엇도 닿은 적이 없는 깊은 부분까지 케이타가 밀고 들어왔다.

"아윽……! 앗, 앗."

두 사람의 몸이 원래 하나였던 것처럼 빈틈없이 얽혔다.

"하앗, 케이타. 기절할 것 같아!"

"나도……."

우리는 땀에 흠뻑 젖은 몸을 서로 끌어안으며 쾌감의 절정을 맛보았다.

온몸이 마비될 만큼 선연한 쾌감이 폭풍처럼 밀려들었다.

다음 날.

회사 전체 미팅을 앞두고 나는 케이타보다 먼저 사무실에 도착했다.

아무리 매니저와 배우라지만 허구한 날 붙어다니면 의심을 살 수 있다.

연예인에게도 사생활이 있는데 일과 관련되어 있지 않은 사생활에까지 매니저가 깊이 관련되어 있다는 의심을 사면, 그것도 남자와 여자라면 자연스레 좋지 않은 시선이 날아온다.

그래서 우리는 늘 이렇게 시간차를 두고 사무실에 도착하는 편이다.

자리에 앉자마자 여자 입사 동기가 다가와 말을 걸었다.

"아카리, 나 전에 카즈키 씨 봤다?"

"카즈키?"

불쑥 등장한 이름에 나는 흠칫 놀랐다.

"일전에 미팅에서 만난 사람이랑 한잔하러 갔다가 거기서 봤어."

그런데 그녀와 인사를 나눈 카즈키가 나와 케이타에 대해 은근슬쩍 찔러보더라는 것이다.

"케이타랑 아카리가 혹시 사귀는 거 아니냐고 의심하던데?"

"나랑… 케이타가……?"

등줄기로 식은땀이 흘렀다.

대체 무슨 생각으로 회사 사람에게 그런 질문을 던진 것일까.

나와 케이타가 연인 사이라는 걸 누구보다 잘 알고 있는 주제에…….

"그래서 뭐라고 대답했는데?"

"우리 회사는 연예인과 매니저의 연애가 엄격히 금지되어 있다, 그런 일은 있을 수 없다, 그렇게 대답했지."

나는 무심코 안도의 한숨을 내쉬었다.

"카즈키 씨는 아카리가 마음에 드나 보더라. 언제 데이트 한번 해주지 그래?"

"난… 그 사람 좀 불편해."

얼버무리려는 건 아니지만, 조금 말투가 흐려졌다.

하지만 그걸 눈치채지 못한 동료가 어깨를 으쓱거리며 말했다.

"그래? 똑똑하고 능력 있는 사람 같던데. 일 년 삼백육십오 일 내내 케이타만 걱정하지 말고, 아카리도 자기 행복을 찾아봐."

충고라고 해주는 말이겠지만, 전혀 귀에 들어오지 않았다.

카즈키는… 무슨 속셈으로 나와 케이타의 얘기를 꺼낸 걸까.

우리 집에 카즈키가 등장한 건 그날 밤이었다.

"할 얘기가 있어."

그를 집 안으로 들이는 게 망설여졌다.

집 안으로 그를 들였다가 또 지난번처럼 되도 않는 사고를 칠까 봐 겁이 났다.

"그냥 여기서 얘기할까? 난 상관없어. 너네 회사에 소속된 배우 케이타랑 네가……."

"자, 잠깐!"

나는 허겁지겁 문을 열고 그를 집안에 들였다.

"누굴 잡으려고 그래? 우리 회사 사람한테 케이타랑 나에 대해 물어봤다며?"

"잡긴 누굴 잡아, 내가. 난 그냥 두 사람의 관계가 회사 사람들한테 어떻게 보일지 궁금해서 살짝 찔러봤을 뿐이야."

"웃기지 마. 대체 무슨 수작이야?"

손이 떨렸다.

연구실에서 퇴근하다가 들렀는지 단정한 감색 양복에 스트라이프 넥타이를 맨 그의 모습은 소위 말하는 완벽한 능력남으로 보였다.

그리고 평소보다 더욱 냉정해 보이기도 했다.

"그나저나 어쩌려고 그래? 소속 연예인과 연애하는 건 금기라며?"

"맞아."

"그런데도 너희는 뜨겁게 사귀는 중이고?"

"……."

그는 심드렁하게 웃으며 나를 응시했다.

가느다란 눈이 마음속 깊이 숨겨둔 내 속마음을 헤집어놓을 것처럼 예리하게 빛났다.

"목적이 뭐야?"

일부러 가시가 돋힌 말투로 물었다.

"내 목적은 하나뿐이야. 아카리의 마음을 빼앗는 것."

아무렇지 않게 대답한 카즈키의 눈이 매섭게 빛을 발한다.

그가 문가에 서 있는 내게 서서히 다가왔다.

"……다가오지 마!"

나는 주춤주춤 뒤로 물러났다.

"회사에 들키면… 어떻게 될까?"

그가 바지 지퍼를 내리는 소리가 이어졌다.

아랫도리를 불룩하게 만들었던 그의 분신이 지퍼 사이로 성난 황소처럼 머리를 내밀었다.

"입 다물어줄 테니까……."

나는 그를 거역할 수 없다.

잠자코 그의 앞에 무릎을 꿇고 열기를 뿜어내는 황소에게 입을 가져갔다.

할짝할짝…….

케이타와의 비밀관계를 지키기 위해 나는 카즈키에게 봉사하기로 했다.

"더 깊이……."

카즈키가 나의 후두부를 잡아당겨 입 안쪽으로 자신의 물건을 밀어 넣었다.

"흐읍……!"

숨이 막힐 것 같다.

"커졌어……."

그가 자랑스럽게 자신의 심벌을 보여주었다.

"이걸 내가 뭐에 쓸지, 혹시 알아?"

카즈키의 질문에 나는 입을 다물었다.

순순히 스커트와 스타킹을 벗었다.

"아는 모양이네."

카즈키가 옅은 미소를 입가에 담았다.

"이제 내 말에 복종할 마음이 들었나 봐."

나는 대꾸하지 않았다.

"오늘은 유난히 쌀쌀맞은걸. 내가 마음에 안 들어?"

"……."

나는 이번에도 대꾸하지 않았다. 대답할 말도, 대답할 마음도 없었다.

앞으로도 나는 이렇게 카즈키의 장난질에 하릴없이 당해야 하나…….

카즈키는 소파 위로 나를 밀어 앉힌 후 다리를 활짝 벌렸다.

부끄러운 부위가 적나라하게 그의 앞에 드러났다.

그러나 그는 아무렇지 않은 차가운 눈길로 내려다볼 뿐, 조금도 달아오른 표정이 아니었다.

그가 내 몸을 가졌다.

난폭하게, 내 안으로 들어왔다.

"……하앗……."

날카로운 통증에 나는 소리를 질렀다.

"우리가 이러는 걸 케이타가 보면 어떻게 될까?"

"하지 마……. 케이타 얘긴 하지 말아줘……."

"왜? 밤마다 케이타랑 뒹구는 주제에. 봐, 이런 식으로."

"하지 마……."

삐걱삐걱. 카즈키가 허리를 움직일 때마다 소파가 내 마음을 대신해 비명을 질렀다.

"하웃…… 으읍……!"

약점을 잡힌 나는 카즈키가 원하는 대로, 카즈키의 몸을

받아들였다.

"흠…… 아앗……!"

케이타를 지키기 위해…….

그리고 직장을 잃지 않기 위해, 나는 카즈키의 관심이 다할 때까지 이런 식으로 그에게 안겨야 할 것이다.

사랑하지도 않는 남자에게 안기는 순간은 고통스럽고, 너무나 길었다.

그러나…….

"촉촉해졌어."

카즈키 말대로 내 몸은 속절없이 본능에 이끌리고 있다.

"윽… 흐응……!"

끈적끈적한 꿀을 흘리며 나는 카즈키가 다시 들어오기를 기다렸다.

"아카리……. 조금은 내가 좋아졌어?"

그의 입술이 내 입술 위로 내려앉았다.

여전히 나는 대답하지 않았다.

"대답해 봐."

그의 분신이 몸 안으로 들어왔다. 나는 나직하게 속삭였다.

분하지만 카즈키의 섹스 테크닉은 환상적이다.

그래서 매번 그에게 굴복하고 만다.

'케이타…… 미안해…….'

이렇게 케이타를 사랑하는데도 카즈키의 애무에 정신을 놓게 된다.

이런 자신의 모습이 끔찍하게 싫었다.

10화
여행지에서 만나다

화창한 아침이다.

나는 창문을 열고 들뜬 기분으로 찬란한 햇살을 마음껏 들이켰다.

오늘은 케이타와 함께 여행을 떠나기로 한 날이다.

명목상으로는 다음 역할을 위한 취재 여행이지만.

고원에 위치한 온천가를 방문한 젊은 작가.

케이타가 이번에 맡은 역할이다.

드라마에서 호스트로 분한 케이타를 보고 연출가가 직접 연락해 출연이 결정되었다.

"역시 드라마에 나가 얼굴이 팔려야 일이 들어온다니까!"

잔뜩 흥분한 케이타는 전처럼 현장을 직접 보고 싶다고 고집을 부렸다.

케이타는 한번 무언가에 집중하면 그 안에서 좀처럼 헤어 나오지 못한다.

그래도 활기가 넘치는 그의 모습에 매니저인 나 역시 덩달아 기운이 났다.

그는 배우 일에 진심이다.

그런 만큼 호스트클럽을 드나들며 역할을 만드는 데 열과 성의를 다했다.

이번엔 그가 맡은 배역도 썩 마음에 들었다.

전통 있는 극장에서 상연될 작품이므로 케이타에게도 여러모로 좋은 경험이 될 것이 틀림없다.

게다가…….

취재라는 명목으로 케이타와 온천여행까지 가게 됐으니, 여러모로 땡잡은 기분이었다.

무대가 고원에 자리 잡은 온천여관이라 우리는 일부러 유서 깊은 여관을 찾아갔다.

온천에 도착해 실컷 온천욕을 즐긴 케이타와 나는 온천가운을 걸치고 방으로 돌아왔다. 가운 앞섶이 벌어져, 그새 매끈매끈해진 케이타의 뽀얀 살결이 드러났다.

나와 케이타의 잔이 허공에서 부딪쳤다.

"케이타, 축하해. 일이 바로 들어와서 나도 기뻐."

"고마워."

케이타는 고개를 끄덕이며 내 얼굴을 응시했다.

"이제야 아카리의 걱정을 덜어준 것 같아. 날마다 내 걱정하느라 마음고생 많았지?"

"걱정하는 게 매니저가 할 일인걸."

짐짓 쾌활하게 대답했지만 내 목소리는 다소 떨리고 있었다.

케이타가 이렇게 다정한 말을 건네준 게 대체 얼마 만일까.

"아, 아카리. 울어?"

"눈물이 멋대로……."

나는 애써 눈물을 감추며 고개를 돌렸다. 케이타가 내 옆으로 자리를 옮겼다.

"정말 우네. 왜 울어?"

"……왜긴. 케이타가 하도 다정하게 구니까 기뻐서 그만……."

"히힛, 아카리도 귀여울 때가 있구나."

케이타는 내 어깨를 잡아당기며 이마에 입을 맞추었다.

"케이타, 사랑해……."

나도 케이타에게 키스로 보답했다.

다다미 위로 쓰러진 우리는 진한 키스를 나누었다.

"애인이랑 여행 온 것 같아……."

"애인이랑 여행 온 거 맞는데."

케이타는 나를 더 세게 끌어안았다.

허리를 묶은 띠가 풀어지며 가운이 활짝 벌어졌다. 온천여관 다다미방에서 풍기는 묘한 분위기가 두 사람에게 짙은 열락을 선사했다.

"케이타와 여행 오는 게 꿈이었어……."

돈 없는 애인과 여행을 가는 건 꿈도 못 꿀 사치다.

일을 구실로 이렇게라도 함께 여행을 올 수 있어 나는 그 야말로 꿈을 꾸는 것만 같았다. 나는 그에게 더욱 매달렸다.

"회사에서 선뜻 여행비를 부담해 줘서 다행이야."

지난번 드라마로 주목을 받은 케이타에게, 회사에서 보너 스의 의미로 여행비 전액을 내주었다.

"이름이 알려지니까 이래저래 좋은 일이 생기는 것 같아. 온천에 간다니까 다들 부러워서 미치려고 하더라고."

"……다들?"

"회사 누나들."

나도 모르게 얼굴이 굳어졌다.

"그렇게 떠벌리고 다니면 곤란하지."

천진난만한 얼굴의 케이타가 그렇게 말하니 걱정이 안 들 리가 없다.

하지만 케이타는 오히려 더 천진난만하게 웃어 보였다.

"걱정 마. 회사 사람들한테만 말했으니까……."

나와 케이타가 남녀사이라는 걸 의심하는 사람은 아무도 없다.

그래도 회사 사람들을 자극할 만한 짓은 되도록 삼가야 하 건만…….

"온천물 덕에 아카리 피부가 따끈따끈해……."

케이타가 흥분한 눈빛으로 몸을 겹쳐오자 불쑥 찾아온 불 안도 어딘가로 휑하니 날아가 버렸다.

지금은 그저… 그의 온기를 마음껏 느끼는 거야…….

나는 눈을 감고 그의 혀를 받아들였다.

종방파티가 끝나고 보였던 그의 야성적인 모습은 오늘 밤엔 흔적도 없었다.

내 몸을 조심스레 애무하고 가슴을 쓰다듬는 그의 손은 부드럽고 온화했다.

"아……."

자극을 받아 유두가 꼿꼿하게 튀어오르자, 내 입에서 신음소리가 흘러나왔다.

"아카리……."

케이타가 습윤한 음성으로 내 이름을 속삭였다.

"앞으로도 잘 부탁해."

"케이타……."

가슴이 뜨거워진다.

"응……. 앞으로도 우린 함께야. 우리 둘 다 열심히 해야해."

"명심할게."

우리는 서로를 안으며 끝없이 키스를 나누었다.

괴로운 일, 즐거운 일. 우리는 지금껏 그 모든 걸 함께 겪어왔다.

누구도 우리의 인연을 넘어서지 못한다.

아랫배에 딱딱한 물체가 닿았다.

케이타의 크고 딱딱해진 물건이다.

나는 가만히 다리를 벌렸다.

더 이상 말이 필요 없었다. 우리는 고요하게 하나가 되어

갔다.

마치 하나가 되는 것이 당연하다는 듯.

"딱 맞아……."

그의 일부는 잃어버린 직소퍼즐 조각처럼 내 안에 딱 맞았다.

"할 때마다 느끼는 건데, 아카리 몸은 정말 굉장해."

케이타가 천천히 허리로 원을 그렸다.

"아카리가 제일 기분 좋아……."

"……누구랑 비교해서?"

"……아."

아뿔싸, 하고 몸을 흠칫하는 케이타. 그러나 나는 이미 그가 바람피우고 있다는 사실을 알고 있다.

그저 모르는 척 입을 다물고 있을 뿐…….

내 몸이 그렇게 마음에 든다면, 그는 절대로 내게서 떠나지 못할 것이다.

중요한 건 그게 아닐까…….

케이타의 몸이 내 몸의 가장 깊은 지점에 닿았다.

"케이타… 나도 좋아……."

가운이 스치는 소리에 분위기가 더욱 관능적으로 물들었다.

나는 담요 위에서 거친 숨을 쏟아냈다.

"아카리도… 타는 것처럼 뜨거워……."

그의 움직임에 맞춰 나도 허리를 움직였다.

"케이타도… 그래……."

우리의 몸이 담요 위에서 한 덩어리가 되어 요동쳤다.

"좋다……. 난 영원히 아카리한테서 헤어나지 못할 거야."

"나도 영원히 케이타 곁에 있을 거야."

이대로 시간이 멈춰 버리면 좋겠다.

그 순간, 몸속에서 뜨거운 덩어리가 사방으로 흩어지는 느낌이 전해졌다.

사랑의 행위가 끝나자마자 케이타는 깊이 잠들어 버렸다.

드라마 촬영이다 뭐다 해서 피곤이 겹친 모양인지, 최근 들어 케이타는 머리만 대면 잠이 들었다.

긴 속눈썹과 섹시한 입술을 바라보고 있자니 사랑스러운 마음이 밀려들었다.

드라마 덕에 여자 팬도 늘었다. 촬영이 끝날 때까지 기다렸다가 선물을 건네는 팬도 있었다.

팬이 늘어나는 건 물론 기쁜 일이지만 마냥 좋아할 일만은 아니다.

워낙 여자를 좋아하는 사람이라 마음을 놓을 수가 없으니까.

지금도 케이타 머리맡에 놓아둔 휴대전화가 잊을 만하면 한 번씩 문자 수신을 알리고 있지 않은가.

『마나미 문자입니다.』

아까는 '호노카' 더니.

호스트 클럽의 여자 손님일까? 아니면 다른 데서 만난 여자? 아무튼 그에게 문자를 보내는 여자들의 수가 부쩍 많아졌다.

일이 늘어나는 건 춤을 출 일이지만 그에 비례해 접근하는 여자들까지 불어나는 건 그다지 기쁜 일이 아니다.

그러면 케이타가 다른 여자들한테 눈을 돌릴 일도 그만큼 많아질 테니까.

그나저나 마실 물이 있었나……. 여분의 물이 없는 것을 확인한 나는 복도에 있는 자동판매기에서 생수를 몇 병 사올 생각에 살그머니 방을 빠져나갔다.

자판기 앞 벤치에 누군가 앉아 있었다.

약간 언짢은 듯 미간을 찌푸린 채로, 옆의 자판기에서 산 걸로 보이는 캔맥주를 입에 대고 있던 그와 눈이 딱 마주쳤다.

그가 누군지 확인한 나는 너무 놀라 까무라칠 뻔했다.

"어떻게 여기에……?!"

카즈키가 가운을 걸치고 나를 빤히 쳐다보고 있는 게 아닌가!

"회사 사람한테 들었지. 케이타랑 당신이 오늘 여기서 묵는다고."

카즈키가 나를 똑바로 바라보며 답했다.

"아니, 왜? 설마 우릴 따라온 거야?"

"왜 아니겠어."

그의 음성에서 설핏 분노가 느껴졌다.

"방으로 찾아갔더니 둘 다 제정신이 아닌 것 같기에 여기서 기다리던 참이야.”

얼굴이 화끈해졌다. 설마 아까 그 소리를 카즈키가 모조리 들었다는 건가…….

“내가 혼자 방에서 나올 줄 다 알고 있었다는 말투네.”

“생각이 많은 여자는 여행 중에 한 번쯤 혼자 바깥에 나오게 되어 있거든.”

이렇게까지 여자의 마음을 헤아리는 그가 놀라울 따름이다.

“그런데 뭐 때문에 굳이 여기까지 온 거야?”

“할 얘기가 있어서.”

카즈키가 내 손을 덥석 잡았다.

“여기서 이럴 게 아니라 내 방으로 갈까?”

최고층에 위치한 카즈키의 방에는 노천탕이 설치되어 있었다.

“방 좋네…….”

한숨을 내쉬며 방을 한번 둘러보는데, 느닷없이 카즈키가 가운 끈을 확 잡아당겼다. 가운이 스르륵 벗겨져 땅에 떨어지자 그는 나를 노천탕 안으로 밀어넣었다.

“꺄앗, 왜 이래!”

“케이타한테 안겼던 흔적을 씻어내려고.”

카즈키도 가운을 벗어던지고 탕 안으로 들어왔다.

“저리 가……!”

카즈키는 질색하는 내 몸을 옴짝달싹 못하게 누르더니 양쪽 발목을 붙잡아 양옆으로 활짝 벌렸다.

"무슨 짓이야……!"

두 사람이 버둥거리는 것에 온천물이 사방으로 튀었다.

뜨거운 물이 얼굴과 머리카락을 흠뻑 적셨다.

카즈키는 내 몸 아랫부분에 얼굴을 묻었다.

"여긴 내가 닦아줄게."

그는 혀를 내밀어 할짝할짝 무성한 숲을 핥기 시작했다.

"싫어… 뭐하는 짓이야!"

이 상황이 얼른 가슴에 와 닿지 않았다.

대관절 무엇 때문에 카즈키는 이 멀고 먼 온천까지 우리를 따라온 것이고, 또 어쩌자고 나를 붙들고 이러는 걸까.

그러나 몸은 야속하게도 그의 유혹에 반응했고 허리는 파도를 타듯 움찔댔다.

"바로 좀 전에 그렇게 뜨겁게 섹스를 해놓고 벌써 이렇게 젖어드는 걸 보면 당신도 참 대단해."

"시끄러워!"

거부해야 하는데도, 어째서 이렇게 황홀하기만 할까……

카즈키는 생선을 앞에 둔 고양이 같은 시선으로 나를 쏘아보았다.

그리고 그런 살벌한 얼굴로 내 앞에 자신의 장대한 물건을 내밀었다.

반사적으로 그것을 입에 문 나는 그 쇠망치 같은 단단함에 적잖이 놀랐다.

"읍……!"

카즈키의 쇠망치를 필사적으로 빨아들이는 사이 케이타에

대한 생각은 저 멀리 날아갔다.

마치… 카즈키와 둘이 온천여행을 온 것 같은 착각마저 들었다.

카즈키는 내 입에서 자신의 분신을 쑥 빼냈다.

그리고 내 다리를 한껏 벌리고 그 한가운데 위치한 밀림에 대고 문질렀다.

"학… 아앗……!"

무언가가 쑤욱 들어왔다.

지나치게 거대한 것을 받아들인 내 안이 파열될 것만 같았다.

"앗…… 대체 왜 이러는 거야…….."

나는 흐느끼듯 외쳤다.

"대체 왜 이렇게 케이타한테 집착하는 거냐고!"

"케이타?"

카즈키가 허리를 뒤로 천천히 뺐다가 다시 밀고 들어왔다.

"내가 집착하는 건 케이타가 아니야."

"그럼……."

쾌감이 전신으로 퍼져 나가며 내 입에서 한숨이 흘러나왔다.

"케이타한테 복수한다고……."

"물론 그랬지만… 지금은 그저 아카리의 마음을 내게 돌리고 싶을 뿐이야."

카즈키가 두툼한 그것을 내 안 깊숙이 꽂아 넣었다.

"하윽……!"

지독한 쾌락에 다시금 비명이 새어 나왔다.

"아카리를 원하게 됐어."

카즈키의 움직임이 점점 더 격해지자 물이 물보라를 일으켰다.

"그건 또 무슨······!"

내 가슴이 박자를 맞추듯 출렁거렸다.

"당신은 몸은 허락했지만 마음은 조금도 내게 주지 않고 있잖아. 난 아카리의 마음을 원해."

카즈키가 자신의 간절한 마음을 표현하듯 수없이 내 몸을 관통했다.

"흡······!"

이렇게 정신이 혼미해지도록 절정을 느끼는데도 내 마음 속을 지배하는 건 케이타뿐이다.

"케이타와 온천으로 떠나는 걸 보니 솔직히 질투가 났어. 그래서 따라온 거야."

이제 그만해, 라고 말해도 카즈키는 공격을 멈추지 않았다.

"나와 사랑을 나누는 장면을 머릿속에 가득 심고 돌아가도록 해."

카즈키가 내 몸을 안으며 목덜미와 귀를 핥았다.

"······앗······!"

그의 바람대로 케이타에 대한 생각이 아스라이 사라져 갔다.

방으로 돌아가자 케이타는 여전히 아무것도 모르는 얼굴로 깊이 잠들어 있었다.

방금 노천탕에서 카즈키와 사랑을 나눈 몸이 화끈거렸다.

카즈키가 했던 말이 머릿속에 번개처럼 내리쳤다.

『케이타와 헤어져.』

11화
하룻밤의 위안

회의를 하기 위해 케이타가 회사로 찾아왔다.

스케줄을 조정하는 공적인 일인지라 우리는 회의실 하나를 빌려 스케줄을 하나하나 짚어 나갔다.

"일을 좀 더 넣으면 좋겠는데."

공백 부분이 유난히 눈에 띄는 스케줄 표를 보며 그가 투덜거렸다.

"나도 스케줄을 좀 더 넣으려고 했는데……."

드라마에 출연한 덕에 이름이 꽤 알려지면서 캐스팅 제의도 늘어날 거라 예상했건만, 슬프게도 들어오는 일은 별로 없다.

드라마 관련 인터뷰가 몇 건 있을 뿐…….

그야말로 슬픈 현실이었다.

케이타는 퉁명스럽게 불만을 늘어놓았다.

"드라마도 출연했으니, 이참에 나를 실컷 이용해야 하는 거 아냐?"

"응… 그건 아는데."

"그럼 어떻게든 해봐."

케이타는 짜증을 감추지 않았다.

"호스트 역이라도 좋으니까 뭐든 일을 물어오란 말이야."

"오디션도 열심히 찾아보고는 있어."

그러나 케이타를 향한 수요는 눈에 띄게 급락했다.

호스트 역을 맡았던 다른 배우들은 영화나 예능 출연 제의가 쏟아지는데 오직 케이타만 잠잠했다. 가장 큰 원인은 나이 탓이리라.

케이타는 더 이상 어리지 않다. 벌써 이십대 중반으로 접어들었으니 낼모레면 서른이다.

그동안 우려했던 일이 벌써 표면화되기 시작한 것이다.

"우리 케이타가 조금만 더 어리면 얼마나 좋을까……."

직원들이 그렇게 아쉬워하는 소리를 무수히 들었다.

이 바닥에서 스물다섯을 넘기면 좋은 시절은 끝났다고 봐야 한다.

"아카리……."

상념에 빠져 있던 사이, 케이타가 내 손을 잡았다.

"회사에서는 이러지 않기로 했잖아."

"이 정도는 괜찮아."

케이타는 가볍게 대꾸하며 내 손가락을 가만가만 쓰다듬

었다.

"케이타……."

아무것도 해줄 게 없는 무능력한 자신이 한심했다.

"너무 걱정 마. 닥치는 대로 오디션도 보고, 나 파이팅할 래."

케이타도 상황을 아주 모르는 건 아닌지 웃음에 언뜻 슬픔 이 비쳤다.

"드라마에 등장하면 좀 더 일이 많아질 줄 알았는데 꼭 그렇지도 않네."

"미안해……."

"아카리가 사과할 일이 아니야."

케이타가 위로해 주었다. 정작 슬픈 것은 나보다 케이타일 텐데.

"아니야. 능력 없는 매니저라 미안해 죽겠는걸……."

"그게 뭐 아카리 탓인가……."

잔뜩 풀이 죽은 내 뺨에 케이타의 입술이 닿았다.

"그래도……."

불현듯 카즈키가 했던 말이 떠올랐다

「케이타랑 헤어지는 게 좋을 거야.」

그 말이 내내 귓가에서 떠나질 않았다.

「그 자식은 예전부터 여자한테 기대는 데 선수야. 지금은 아카리한테 기대는 중이고.」

「그거야 내가 매니저니까…….」

「매니저이기 때문만은 아닐걸. 아카리가 어떻게든 해줄 거라는 생각에 어리광을 부리는 거라고.」

카즈키는 연구원답게 케이타를 분석했다.

「그 녀석은 당신이 곁에 있으면 모든 걸 떠넘길 거야. 조금만 더 가면 밥도 먹여달라고 할걸.」

……이미 그러고 있어. 나는 속으로 중얼거렸다. 몇 번인가 그에게 밥을 먹여준 적이 있었던 것이다.

「호스트 역을 맡았을 때만 해도 그래. 진짜 호스트 클럽에 와서 일을 배운 건 칭찬할 일이지만 막상 촬영장에서는 초등학생마냥 오돌오돌 떨다가 감독한테 수없이 날벼락을 맞았잖아.」

카즈키는 모든 걸 정확하게 파악하고 있었다.

「자기가 뭘 잘못해도 아카리가 어떻게든 도와줄 거라 생각하니까 죽자고 덤비지 않는 거야.」

그 목소리가 잊히지 않는다.

"아카리, 나 봐…….

케이타가 살짝 열기가 묻어나는 목소리로 나를 불렀다.

케이타를 향해 고개를 돌리자 그가 얼른 키스를 해왔다.

그리고 그대로 혀를 내 입안에 밀어 넣었다.

"음…… 으읍… 케이타……!"

알싸한 쾌감이 온몸으로 퍼져 나가는 가운데서도 카즈키의 음성이 귓가를 떠나지 않았다.

「아카리가 곁에 있는 한, 케이타는 배우로 성장하기는 글렀어. 시험 삼아 그 녀석을 혼자 있게 해보든지.」

반론할 말이 없었다.

케이타가 그렇게 약해진 게 정말로 내 탓이 아닐까 싶었다.

"아카리……."

케이타가 나를 회의실 탁자 위로 끌어다 앉혔다.

"안 돼……. 여긴 회사잖아."

"하고 싶은데 어떡해. ……금방 끝낼게."

케이타가 우악스럽게 달려들어 내 팬티를 잡아 내렸다.

"하지 마……!"

"괜찮아. 회의 중이라고 문 밖에 팻말도 걸어놨잖아. 아무도 안 들어올 거야."

"그치만……."

거부하는 내 다리를 양쪽으로 잡아 벌린 케이타는 그 사이에 얼굴을 묻었다.

"앗……."

"젖었어……."

할짝할짝.

에로틱한 소리가 가랑이 속에서 은은히 퍼져 나왔다.

"아윽……."

소리가 터져 나올 것 같아 입을 틀어막았다.

"이거 봐, 벌써 충분히 젖었어. 쑥 들어갈 거 같은데."

케이타가 탁자 위에 앉은 내 몸 위에 자신의 몸을 실었다.

그와 나의 소중한 부분이 하나로 연결되었다.

"회사에서 이런 짓을 하면 어떡해……."

"어떡해, 그럼. 아카리만 보면 이렇게 뜨거워지는데."

케이타의 허리가 유연하게 움직였다.

"흡… 으흡……."

케이타의 남성이 내 안에서 마음껏 요동친다.

케이타와 하나가 된 건 얼마 전 온천에 간 이후 처음이다.

그날 밤 나는 여관까지 따라온 카즈키와도 섹스를 했다.

물론 케이타는 그 일을 모른다.

"온종일 아카리랑 하고 싶었어……."

케이타는 달달한 음성으로 속삭이며 허리를 한껏 돌렸다.

"나도……."

전보다 더 수척해진 몸의 굴곡이 티셔츠를 통해 고스란히 느껴졌다.

그가 좀 더 나은 생활을 할 수 있게 돕고 싶다.

좀 더 일을 많이 물어다주고 싶다.

날이 갈수록 야위어가는 그를 안을 때마다 안타까움에 가슴이 먹먹해졌다.

전기가 오른 것처럼 파지직, 하는 충격이 온몸을 뚫고 지나갔다.

"앗, 케이타……!"

나도 모르게 비명 같은 소리가 흘러나와 케이타가 허겁지겁 내 입을 틀어막았다.

"조용히……!"

"아웃… 하앗……!"

쑤욱쑤욱. 아랫도리에서 느껴지는 선명한 감촉.

오롯이 케이타를 느끼며 내 안에서 회오리바람이 불었다.

"케이타… 사랑해……."

역시 케이타와는 헤어질 수 없다…….

애절한 마음에 그를 거세게 끌어안았다. 비밀의 숲도 그를 더욱 세게 잡아당겼다.

"이렇게 세게 조이니까 금방 나올 것 같아……!"

케이타가 나직하게 으르렁거리며 내게 몸을 기댔다.

그리고 내 안에서 뜨거운 물보라가 찬란하게 퍼졌다.

"우린 절대 못 헤어져."

케이타도 나와 같은 생각을 한 걸까.

"우리 사이엔 매니저와 배우라는 관계도 있잖아. 우린 이미 깊이 맺어져 있어."

케이타가 간절한 얼굴로 말했다.

그와 함께하고픈 마음은 나도 마찬가지다.

아직 서로 이어진 채, 우리는 키스를 나누었다. 열락에 겨운 뜨거운 키스와는 또 다른, 따스함이 묻어나는 그의 키스였다.

포옹을 풀고 그를 올려다보았다.

"오늘 밤 케이타네 집에 가도 돼?"

"음……. 오늘은 친구랑 약속이 있어서……."

케이타가 말끝을 흐렸다.

"친구 누구?"

"그 왜 있잖아, 일전에 드라마에서 만난 타이키. 한잔하자고 해서."

"그렇구나……."

혹시 거짓말을 하는 건 아닐까. 그와 약속한 상대는 다른

여자가 아닐까.

의심은 가지만 그를 다그치고 싶지는 않았다.

"잘 놀다 와. 술 많이 마시지 말고."

그렇게 말하며 그를 안을 수밖에 없었다.

누구와 놀아나든 마지막에 내 곁으로 돌아오기만 하면 그것으로 충분하다.

그때······.

케이타를 안느라 나는 미처 눈치채지 못했다.

회의실 문이 슬며시 열리며 누군가 살그머니 우리를 엿보고 있다는 사실을······.

케이타는 나와의 행위를 끝내고 서둘러 회사를 나섰다. 전신 거울 앞에서 정성껏 옷매무새를 가다듬고 머리를 정돈하는 모습이 마음에 걸렸다.

그리고 얼마 후, 퇴근시간이 되어 나도 회사를 뒤로했다.

혼자 집에 있으려니 문득 사무치게 외로워졌다. 어쩐지 케이타가 저 먼 곳으로 가버린 듯했다.

더 이상 참지 못하고 케이타에게 전화를 걸었다. 매니저니까 얼마든지 그럴 듯한 이유를 댈 수 있다.

그래, 다음 주 촬영 스케줄에 대해 얘기하자. 급히 전해줄 말이 있다고 하는 거야.

그러나 그는 전화를 받지 않았다.

『전화를 받지 않아 음성 메세지 서비스로 연결되니 삐 소리가 나면······.』

무정한 기계음이 귓가에 흘러 들어왔다.

왜 전화를 안 받는 걸까. 뭘 하고 있기에 전화까지 꺼놓고……

불안함에 눈물이 솟구쳤다.

사실 이런 일은 비일비재했다.

그래도 예전엔 진득이 기다리곤 했는데.

뭘 하고 놀든 종국엔 내 곁으로 돌아오곤 했으니까.

하지만 오늘 밤엔 너무나 외롭고 힘겨워서 누구든 옆에 있어주기를 바랐다.

그저 잠깐이라도 목소리를 듣고 싶었는데…….

친구와 한잔한다고 해놓고 왜 전화도 안 받는 거야, 케이타.

케이타가 이렇게 걸핏하면 연락이 닿지 않는 건 다른 여자와 어울리고 있기 때문이 분명하다.

전엔 그럭저럭 견딜 만하더니 오늘은 유난히 견디기가 어렵다.

케이타와 나는 연인이면서 연인이 아니다.

케이타가 날 필요로 할 때 난 언제나 그의 곁에 있어주었다.

그러나 내가 그를 필요로 할 때 케이타는 툭하면 연락이 두절되곤 했다.

나는 늘 케이타가 염려스럽다.

그러나 케이타는 조금도 날 걱정하지 않겠지.

이미 충분히 아는 사실이다. 그런데 오늘 밤엔 그게 견딜 수 없이 슬펐다.

케이타는 나를 사랑하지 않는다…….

인정하고 싶지 않지만 이것이 현실이다.

케이타는 내 옆에 있긴 하지만 나를 사랑하지는 않는다.

그저 내가 매니저라서, 계속 내 곁에 있는 것인지도 모른다.

그가 회사를 나가면 우리 관계는 깨져 버릴까…….

아무리 외로움이 사무쳐도 나는 홀로 견뎌야 한다.

그때 휴대전화에서 수신음이 들렸다.

카즈키였다.

『……여보세요?』

전화기 너머로 그의 음성이 들렸다.

『……무슨 일이지? 뭔 일 있었나?』

가슴이 덜컥 내려앉았다.

"……그걸 어떻게 알아?"

『목소리만 들으면 대충 알지. 케이타랑 무슨 일 있었지?』

"……능력자시네……."

『당장 날아갈게.』

"아냐, 이 밤중에 뭐하러……."

『택시 타면 금방이야. 아카리가 울고 있는데 모른 척할 수는 없잖아.』

단 한 마디에 그는 내가 울고 있었다는 것까지 전부 알아챘다.

정말로 바람처럼 날아온 카즈키의 얼굴은 걱정으로 가득

했다.

나는 저도 모르게 다다닥 달려가 그의 품에 안겼다.

"케이타와 연락이 닿지 않아 울고 있었던 모양이군."

"그, 그걸 어떻게 알았어……?"

"그 자식 지금, 가게 손님이랑 한잔하고 있어."

예상했던 일이다.

케이타가 배우 친구가 아닌 여자와 함께 있을 거라는 건 이미 예상하고 있었다.

그래도 그의 거짓말이 명백히 드러나자 충격이 컸다.

눈동자에 금세 눈물이 차올랐다.

카즈키의 가슴에 안긴 채 가만히 흐느끼고 있자니, 커다란 손이 뺨을 감싸 쥐었다.

"그런 얼굴 할 거 없어. 이렇게 내가 와줬잖아."

그 목소리는… 지금까지와는 다르게 정말 따스하게 들렸다.

그날 밤 카즈키와 나는 섹스를 하지 않았다.

"우는 여자를 안을 만큼 굶주리지 않았거든."

그는 다정하게 나를 안아주며 위로해 주었다.

몇 번이고, 몇 번이고 키스를 해주며.

카즈키는 그저 옷 위에서 내 가슴을 가만히 쓰다듬기만 했다.

"케이타는 잡은 고기에는 먹이를 주지 않는 스타일이야. 예전 여자친구도 맨날 울었지."

그렇게 속삭이며 내 가슴을 다정하게 쓸어내렸다.

그의 온기에 위안을 받으며 나는 가만히 눈을 감았다.

그래⋯⋯. 내가 바란 건 그저 이런 거였어.

외로운 밤에 이렇게 안아주는 거.

넌 혼자가 아니라며 뒤에서 따사로이 안아주는 거⋯⋯.

내 바람을 들어주는 건 케이타가 아니라 카즈키구나.

"아카리의 스트레스를 내가 발산시켜 줄게."

그의 손가락이 허리 아래로 미끄러져 내려왔다.

그리고 조그만 알맹이를 살짝 움켜쥐었다.

"핫⋯⋯."

카즈키의 손가락이 섬세하게 움직였다. 팬티 위에서도 정확하게 알갱이를 찾아 적당히 부드럽게, 적당히 강하게 자극을 주었다.

"아앗⋯⋯!"

간드러지는 신음 소리가 흘러나왔다.

카즈키는 손가락을 미세하게 움직이며 내 민감한 부분에 잇따라 자극을 주었다.

"아아아⋯ 갈 거 같아⋯⋯!"

퍼뜩 정신을 차리고 보니, 꽃잎에 전해지는 자극만으로도 절정을 맞이하고 있었다.

"하아앙⋯⋯."

허리를 비틀며 온몸으로 신음을 토해낸다.

절정에 오르는 나를 카즈키가 와락 끌어안았다.

"케이타는 잊고 나랑 사귀자. 절대 울게 하지 않을게. 난

재주가 없어서 바람도 못 피우고 양다리는 꿈도 못 꾸거든."

나는 대답하지 못했다.
뭐라고 답해야 할지 알 수 없었다.

12화
진심으로 하나가 되다

다음 날 아침 나는 카즈키의 품 안에서 눈을 떴다.

일어나자마자 낯선 온기가 몸을 감싸고 있어 조금 놀랐지만, 곧 그것이 카즈키임을 알았다.

'밤새 날 안아준 거야……?'

카즈키의 배려가 가슴 시리도록 고마웠고, 그의 따사로운 가슴이 절절이 스며들었다.

"일어났어……?"

카즈키가 눈을 가늘게 뜨고 내 얼굴을 살펴보았다.

언제나 냉랭하기 짝이 없던 그의 얼굴과는 사뭇 다른, 사랑이 가득한 표정으로.

"안녕……."

가슴이 쿵쾅거렸다.

그의 말이 맞나 보다.

케이타는 나를 사랑하지 않는다.

물론 카즈키가 나를 사랑한다는 보장도 없다.

그러나 적어도 그는 케이타보다 가슴이 따뜻하고, 나를 생각해 주는 마음도 깊다.

밤새도록 나를 안고 재워준 것만 봐도 알 수 있다.

지금껏 억지로 내 몸을 취해왔지만 내가 눈물을 흘리자 한없이 다정하게 위로해 주었다. 나를 상처 입힐 짓은 조금도 하지 않았다.

카즈키는 그리 나쁜 사람이 아닐지도 모른다.

여자의 마음을 이토록 정확하게 짚어내는 건 그가 인기 있는 호스트이기 때문일까.

어쩌면 이렇게 달콤한 미소를 짓고 있는 것도 내 마음을 손에 넣으려는 꿍꿍이일지도 모를 일이다.

그래도 그마저도 외면한 케이타보다는 훨씬 낫지 않을까…….

카즈키는 외로워하는 내게 바람처럼 날아와 주었다.

중요한 건 그뿐이다.

"어젠 가게 안 나갔나 봐?"

"나갔었는데?"

그가 가볍게 대꾸했다.

"당신이 우는 것 같아서 땡땡이 치고 날아온 거야."

"그래도 돼……?"

"아무렴 어때. 가끔은 그런 날도 있어야 손님들도 재미있어하지."

커튼 사이로 아침햇살이 쏟아지는 방안에 벌거벗은 그의 몸이 훤히 드러났다.

"다 벗고 잔 거야?"

"잠옷이고 뭐고 챙겨올 정신이 있었어야지."

카즈키가 재채기를 했다.

"미안하게 됐네……. 감기 걸린 거 아냐?"

카즈키가 재채기인지 하품인지 모르게 입을 벌리고 나서, 피식 웃었다.

"전혀. 아카리를 꼭 끌어안고 자서 따뜻하기만 하던데."

이런 배려를 받은 건 처음인 터라 얼굴이 화끈거렸다.

이 사람은 내게 왜 이렇게까지 하는 걸까.

의문을 느끼며 나는 이불 속으로 파고들어 그의 중심을 혀로 쓸어내렸다.

"아카리……?"

이제 막 잠에서 깨어난, 희미하게 온기가 느껴지는 그곳을 나는 한껏 베어물었다.

겨우 이렇게밖에 그에게 보답할 길이 없다.

나는 카즈키의 그것을 천천히 핥으며 점점 뿌리 쪽으로 다가갔다.

"아카리……."

카즈키가 놀라움이 뒤섞인 목소리로 말했다.

"아카리가 자진해서 내 몸을 만지는 건 처음이야……."

지금까지 카즈키의 일부를 맛보고 싶다는 생각은 단 한 번도 해본 적이 없었다.

그런데 오늘만큼은 다르다.

그에게 위로를 받은 만큼 보답을 하고 싶었다.

카즈키의 남성을 끝까지 입안에 담아 물자 그가 내 입속에서 불끈불끈 부풀어 올랐다.

"하……."

입안이 가득 차 고개를 살짝 움직이자 그것이 입 밖으로 빠져나왔다. 나는 다시 그것을 깊이 빨아들였다.

"아카리……."

카즈키가 나를 이불 밖으로 끌어내 세게 끌어안았다.

두 사람의 입술이 자연스레 겹쳐졌다.

"처음으로 아카리와 마음까지 이어진 거 같아……."

나는 담담한 마음으로 그의 시선을 받았다.

나 역시 같은 마음이라는 걸 굳이 설명하지 않아도 그는 다 알아줄 거라는 믿음이 있었다.

"우리는 비슷한 사람들이야. 둘 다 케이타에게 상처받은 사람들."

"응……."

눈가가 촉촉해졌다.

나의 이 부질없는 마음을 그는 이해해 주었다.

이기적이면서 자신의 감정을 무엇보다 중요시하는 케이타.

여자들에게 인기가 많다는 이유로 무슨 짓을 해도 쉽사리 용서받아온 케이타.

나는 언제나 케이타 걱정에 발을 동동 굴러야 했다. 그를 좋아하니까 고통을 눌러 참았다.

누구에게 말하지도 못하고 감내해 왔던 것들을 카즈키는 알아주었다.

그도 케이타에게 애인을 빼앗긴 쓰라린 상처를 갖고 있으므로……

"우린 이렇게 될 운명이었어."

그가 내 머리카락을 쓰다듬으며 머리에 키스했다.

"당신이 받은 상처는 내가 치료해 줄게."

우리는 오래도록 진하고 깊은 키스를 나누었다.

카즈키의 말캉한 혀에 내 혀가 얽히자 힘겨웠던 날들, 외로웠던 시간들이 마법처럼 사르를 녹아들었다.

내가 케이타를 사귀었던 게 어쩌면 카즈키를 만나기 위해서였을지도 모른다.

그런 생각까지 들었다.

"이번엔 내가……."

카즈키는 내 몸에서 옷을 모두 벗겨낸 뒤 다리를 벌리고 그 가운데에 혀를 밀어 넣었다.

"읍… 흐읍……."

뜨끈한 혀가 꽃잎을 살짝살짝 건드렸다.

"핫… 카즈키…… 기분 좋아……."

쾌감에 취한 달콤한 소리……. 카즈키의 애무에 이런 소리를 낸 것은 처음이리라.

나는 그에게 몸과 마음을 모두 열기 시작했다.

"앗, 아앗……!"

추웁추웁. 에로틱하면서도 음탕한 소리가 들렸다.

아침부터 이렇게 대담한 짓을 벌이다니.

"아카리가 내 이름을 부른 건 처음이야……."

듣고 보니 그런 것 같다

카즈키를 부를 땐 적어도 '씨' 자라도 붙였으니까.

그러나 그에게 몸을 내맡기고 나니 입에서 자연스럽게 그의 이름이 흘러나왔다.

"좋다……."

카즈키가 혀를 뾰족하게 만들어 뜨거운 샘 안으로 쑥 밀었다.

"아… 아앙…… 아앗……."

교묘한 혀놀림에 간헐적으로 숨을 내쉬며 나는 절정을 맛보았다.

섬세하고 유연한 그의 혀는 내가 엑스터시에 도달해도 멈추지 않았다.

"이… 이제 그만해…… 못 참겠어……."

아무리 애원해도 그는 고개를 들지 않았다.

"그… 그만……."

여체가 움찔움찔 경련을 일으켰고 예리하게 파고드는 쾌감에 나는 비명을 질렀다.

"제발…… 그만하라니까……."

카즈키의 머리를 양손으로 누르며 나는 간절히 부탁했다.

"이러다간……."

"이러다간……?"

"끝까지 가고 싶어질 거 같단 말이야."

창피해 죽을 것 같은데도 결국 그 말을 하고야 말았다.

"끝까지 가고 싶다는 게 무슨 뜻인데?"

"몰라!"

카즈키는 심술궂게 또 다시 꿀단지 속으로 혀를 날름거렸다.

"원하는 게 뭔지 확실히 말 안 하면 죽을 때까지 계속할 거야."

"앗…… 못됐어…….."

카즈키의 자극이 계속된다.

몸에 불이 붙은 것처럼 화끈했다.

"어서 말해봐."

"말 못해……. 말하면 창피해서 죽을 거야."

"이걸 원해?"

카즈키가 바싹 성이 난 물건을 내 손에 쥐어주었다.

"응…….."

카즈키를 원하는 것 역시 처음이었다.

어떻게든 그에게서 벗어나고자 애를 썼던 내가, 결국 그를 받아들이고 후회로 입술을 깨물었던 내가…….

"지금 당신이 쥐고 있는 게 뭐지?"

카즈키가 재차 물으며 내 몸 안의 은밀한 부분을 손가락으로 쓸고 비볐다.

"아니… 아니……. 손가락 말고…….."

"손가락 말고 뭐?"

"제발……."

나는 떨리는 목소리로 카즈키에게 말했다.

"카즈키의 것을 원해…… 카즈키를……."

"그래……."

부끄럽고, 창피하고, 민망해서 나는 양손으로 얼굴을 가렸다.

"잘했어……."

카즈키의 허리가 내 하복부로 다가오는 게 얼굴을 가리고 있어도 선명하게 느껴진다.

"이건 상이야."

천천히, 천천히 내 안으로 미끄러져 들어오는 카즈키의 열기.

"흐읍……!"

불기둥이 내 몸을 관통하는 것 같은 감각에 비명이 터져 나왔다.

그토록 기다리던 그것이다…….

카즈키의 거대한 분신이 분명하게 느껴진다.

그가 서서히 뭉근하게 움직이기 시작한다.

"아앗…… 카즈키……."

전에는 어쩔 수 없이, 어쩌다 보니 받아들이곤 했기 때문에 그의 몸을 느낄 새가 없었다.

그러나 기꺼이 그를 받아들이자 그의 몸과 움직임에서 선연한 감각이 느껴졌다.

"좋아……."

카즈키도 나와 같은 쾌감을 느끼겠지.

"마음이 통하니까 자극이 엄청난 거 같아……."

우리는 허리를 꼭 맞대었다.

"하아…… 대단해……."

육체뿐만 아니라 마음까지 하나가 되는 느낌이다. 케이타에게서는 결코 얻을 수 없었던 깊은 유대감이 지금 이 순간 아지랑이처럼 피어올랐다.

"하아앗…… 카즈키……!"

허리를 격렬하게 꿈틀대며 몇 번이나 오르가즘을 느끼며 신음하는 나를 카즈키가 단단히 끌어안았다.

"나도… 이젠 못 참겠어……."

용암처럼 뜨거운 물줄기가 단번에 쏟아졌다.

"아…… 하아앙……!"

우리는 그대로 침대 위에서 기절한 듯 누워 있었다.

"아주 좋았어……."

"응……."

우리는 다시 키스를 나누었다.

이대로… 카즈키에게 가버려.

머릿속에서 누군가 큰소리로 외쳤다.

걸핏하면 바람이나 피워대는 케이타는 이제 그만 잊고 카즈키와 사귀라고!

그 순간.

벨이 울렸다.

"택배 왔나?"
벌떡 일어나 잠옷을 입자마자 문이 벌컥 열렸다.
"아카리, 일어났어?"
케이타.
"자, 잠깐만."
"이건 누구 신발이야? 남자 구두 같은데?"
그가 내 방문을 열고 들어왔다.
늦었다.
방금 잠옷을 입은 나와 여전히 알몸으로 앉아 있는 카즈
키……
둘을 번갈아보던 케이타의 얼굴이 경악에서 분노로 바뀌
어갔다.
"이건 뭐야……"
케이타는 아연실색했다.
"지금 뭐하는 짓이야?!"
"보시다시피."
카즈키가 덤덤하게 대꾸했다.
"웃기지 마!"
케이타의 눈이 분노로 이글거렸다.
"그건 내가 할 말인데."
"내가 뭘 어쨌는데!"
"묻겠는데, 어젯밤 누구랑 있었지? 아카리가 혼자 슬퍼하

고 있을 때 넌 어디서 뭘 하고 있었어?!"

"간밤엔… 동료 배우랑……."

"헛소리 마. 어젯밤엔 레이나랑 놀았잖아."

"어떻게 그걸."

"레이나가 가게 녀석들한테 다 떠벌이더군. 케이타랑 데이트한다고."

"……."

케이타는 말을 잃었다. 잠깐 대화가 끊긴 사이 허겁지겁 내가 일어섰다.

"케이타…… 미안해."

케이타는 나를 쳐다보려고도 하지 않았다.

"난… 너무 외로웠어. 그래서……."

"입 닥쳐!"

케이타가 버럭 소리를 질렀다.

"나는 호스트로서 일을 했던 것뿐이야. 그런데……."

"미안해……."

"당신은 사과할 거 없어."

카즈키가 단호하게 내뱉었다.

"여자를 그렇게 힘들게 만들었으니 자업자득이지."

케이타는 입술을 질끈 깨물었다.

"케이타……."

눈물이 흘러내렸다.

이런 모습을 보였으니 이제 우린…….

"끝났군……."

케이타가 한숨 섞인 목소리로 말했다.

"당신과는 이제 끝이야. 회사에 매니저 바꿔달라고 할게."

그 말을 끝으로 그는 사라져 버렸다.

13화
나를 믿어줘

　다음 날.

　회사에 출근하자마자 사장실에서부터 내선전화가 걸려왔다.

　직접적으로 사장실과의 연관이 없는 내게 이런 전화는 처음이라 당황했지만, 일단은 차분한 목소리로 전화를 받았다.

　사장 비서가 전화기 너머에서 말했다.

　"사장님께서 미나미(美波) 씨에게 할 이야기가 있으시답니다. 사장실로 와주십시오."

　"…네, 알겠습니다."

　긴장으로 표정이 굳어졌다.

　평소의 케이타 같지 않게 행동이 빨랐다.

　벌써 사장에게 매니저를 바꿔달라는 요청을 올린 듯했다.

원하는 걸 얻으려 할 땐 거짓말도 서슴지 않는 케이타인지라, 나에 대해서도 있는 말 없는 말 죄다 까발렸을 거란 생각도 언뜻 들었다.

나는 호된 질타를 각오하며 사장실 문을 열었다.

화려하면서도 웅장한 느낌을 연출하는 책상 너머로 사장의 모습이 보였다. 유난히 무거운 표정이었다.

"와타세 케이타 일 때문에 불렀네."

느릿느릿, 나직하게 울려 퍼지는 목소리.

"……네."

그는 사장에게 대체 뭐라고 말했을까. 얼굴 세포 하나하나가 굳는 느낌이었다.

사장의 얼굴은 사납기만 했다.

잠시 후, 나는 사장의 심기가 저토록 불편한 이유가 오직 매니저 교환 때문만은 아니라는 것을 알게 되었다.

"자네, 케이타와 대체 무슨 관계인가?"

"그게 무슨 말씀이신지……? 그저 연기자와 매니저일 뿐입니다만……."

뜬금없이 왜 저런 걸 묻는 걸까. 처음엔 그저 당황스럽기만 했다.

"연기자와 매니저? 그게 다인가?"

그 말투가 어딘지 모르게 확신이 어려 있다.

"……질문의 요지를 잘 모르겠습니다."

"아니, 잘 알 텐데."

나는 모르쇠로 일관하기로 마음을 단단히 먹었다.

이것은 비단 나 때문만은 아니다. 케이타를 위해서이기도 하다.

"죄송합니다. 정말로 무슨 말씀을 하시는 건지 전혀 모르겠습니다."

"그만 실토하는 게 좋을 게야."

사장의 얼굴이 일그러졌다.

"그렇게 시치미 뗀다고 그냥 넘어갈 수 있으리고 생각지 말게. 대체 회의실에서 케이타와 무슨 짓거리를 한 게야!!"

"……"

생각났다. 달뜬 기분에 취해 회사라는 사실도 잊고 책상 위에서 사랑을 나누었던 일……

설마 누가 봤을 거라고는 꿈에도 생각지 못했다.

아니, 얼핏 그런 느낌이 들었지만 설마라고 생각했었다.

그런데 그게… 착각이 아니었던 것이다.

"회의실에서 자네들이 벌인 짓거리를 본 목격자가 있어."

"……"

"입을 꽉 다무는 걸 보니 그 말이 사실인가 보군."

사장의 날카로운 시선이 내 얼굴에 잔혹하게 박혔다.

"우리 회사에서 소속 연예인과 매니저가 교제하는 걸 얼마나 금기시하는지 모르나?"

쥐구멍이라도 찾아 들어가고 싶은 심정이었다.

때늦은 후회가 파도처럼 밀려들었다.

케이타와 함께했던 날들이 마치 환상처럼 아스라이 사라져 갔다.

그래선 안 된다는 걸 잘 알면서도, 너무나 잘 알면서도…….

눈물이 흘렀다.

"눈물로 은근슬쩍 넘어가려 해도 소용없어."

사장이 야멸차게 내뱉었다. 사칙을 위반한 나를 향하는 멸시의 눈빛과 경멸이 담긴 말투에 소름이 끼쳤다.

해고…… 당하겠지.

그러나 상황은 예상치 못한 방향으로 흘러갔다.

"괘씸하긴 하지만 난 이쯤에서 이 일을 덮고 갈 생각이야. 예쁘장한 소년 같기만 하던 케이타 녀석이 요즘 들어 물이 올랐다는 얘기가 심심치 않게 들리거든. 아무래도 그게 매니저인 자네 덕인 것 같아서 일단 좀 더 두고 보자는 생각이 들더군."

사장의 말투가 변해 있었다.

사장의 의견에 따라 해고만은 면했다.

그러나 역시 케이타에게서는 손을 떼라는 엄명을 받았다.

오늘부로 케이타는 완전히 내 손을 떠나게 된 것이다.

난 실망감도 허전함도 아닌 슬픈 기분으로 사장실을 나와야 했다.

'이제 됐어…….'

수없이 그렇게 자위하며 터벅터벅 집으로 돌아왔다.

이제… 케이타가 우리 집을 찾을 일은 없겠지.

하긴 사실 케이타가 우리 집에 온 적은 손가락으로 꼽을 정도다.

언제나 나 혼자 케이타 걱정에 애태우다가 그를 찾아가곤 했었으니까.

'그런데 어제는 무슨 일로 케이타가 우리 집엘 다 온 거지?'

별안간 이상하다는 생각이 들었다.

케이타가 그렇게 아침 일찍 우리 집을 찾아온 건 처음 있는 일이었다.

무슨 일로 온 건지 곰곰이 생각하던 나는 한참 만에야 깨달았다.

뜨거운 눈물이 볼을 타고 흘러내렸다.

케이타는 수신전화 목록을 보고 나름대로 내가 걱정이 되었던 거다.

전날 밤 외로운 마음에 수차례 그에게 전화를 걸었던 나는 통화가 되지 않자 급기야 '외롭다'는 문자를 보내고 말았다.

그 문자를 보고 신경이 쓰여 우리 집에 들렀던 게 분명했다.

케이타는 자신의 방식대로 나를 걱정하고 위해주었다.

그걸 이제 와서 깨닫다니…….

회한의 눈물이 하염없이 흘렀다.

얼마나 사랑했는데…….

쌀쌀맞은 구석은 있었지만 그래도 진심으로 그를 사랑했다.

케이타는 이따금 그런 식으로 의외의 따스함을 보여주곤

했다.

그렇게 아침 일찍 나를 찾아와 주었던 것 역시 케이타 나름의 애정표현이라는 확신이 들었다.

그런 그에게 카즈키와의 정사 장면을 보여주고 말았다.

이젠 끝이다.

그의 입에서 그 말이 나오게 하고 말았다.

막상 잃고 나서야 그를 얼마나 사랑했는지를 깨닫게 되었다.

한시도 그에 대한 생각이 머리에서 떠난 적이 없다.

그에게 조금이라도 일감을 물어다주려고, 그에게 조금이라도 좋은 걸 먹이려고, 그리고 그를 조금이라도 더 행복하게 해주려고 고군분투했다.

그 모든 게 이제는 끝났다.

나는 그를 행복하게 해주기는커녕 배신의 아픔만 던져 주었다.

침대에 다른 남자를 끌어들인 여자를 어떤 남자가 용서할까.

그렇게 서로를 갈구하던 날들이 순식간에 저 먼 곳으로 떠나 버렸다.

정신이 몽롱해지도록 눈물이 흐른다. 어떻게 해야 이 눈물이 그칠까.

만신창이가 된 것 같다.

집에 도착해서도 눈물은 그칠 생각을 하지 않았다.

그때, 벨이 울렸다.

'……누구지?

택배기사인가?

아니면 카즈키가 뭘 놓고 갔나?

아니면…….

나는 머뭇머뭇 현관문으로 무거운 발길을 떼었다.

그러나, 잠겨 있을 문이 갑자기 벌컥 열렸다.

열쇠를 준 건 케이타뿐인데……?

심장이 격렬하게 춤을 추기 시작했다.

현관문을 열고 나타난 사람은 정말 케이타였다.

"열쇠 돌려주러 왔어."

열쇠를 건네주며 케이타는 내 얼굴을 물끄러미 응시했다.

"……울었어?"

"……아니."

"운 것 같은데? 내 매니저 일을 그만둬서? 아니면 우리 관계가 들통 나서인가?"

케이타가 나를 거실 쪽으로 밀치며 들어왔다.

차라랑. 열쇠가 바닥에 떨어지며 요란한 소리를 냈다.

"대체 뭐가 그렇게 슬픈 거냐고!!"

"……케이타랑 헤어진 게 슬퍼."

"이제 와서 무슨 소리야."

케이타는 노골적으로 짜증을 드러냈다.

"상황을 그렇게 만든 건 너잖아!"

그는 발로 열쇠를 거칠게 걷어찼다.

"이거 가져가. 애초에 받질 말았어야 했는데."

그는 내 팔을 우악스럽게 휘어잡고는 침대까지 거의 질질 끌다시피 나를 데리고 갔다.

"왜, 카즈키랑 왜 그랬어?!"

그렇게 외치며 나를 침대 위로 내동댕이쳤다.

"미안해……."

사과 몇 마디로 용서받을 일이라면…….

죽을 때까지 용서를 빌겠다.

다시 케이타와 사랑할 수만 있다면…….

"이 표정은 뭐야?"

그의 음성은 서럽도록 차가웠다.

"왜 이렇게 기대에 찬 눈으로 날 보는 거냐고!"

"케이타랑 다시 시작하고 싶어서……."

"말도 안 돼."

케이타가 내 몸 위에 올라탔다.

"카즈키랑 했지?"

"아니…… 안 했어."

"거짓말."

그가 하복부를 내게 바싹 붙여왔다.

둔부를 뭉근하게 압박하는 느낌이 아련했다.

늘 이렇게… 케이타가 내 위에서 나를 압박하는 느낌이 좋았는데.

나는 깊은 한숨을 내쉬며 그를 끌어안았다.

케이타의 표정이 눈에 띄게 굳는다.

"왜 날 끌어안아?"

"그냥… 그러고 싶어서……."

"우린 끝난 사이야."

"나랑 카즈키는 아무 짓 안 했어."

나도 모르게 입에서 거짓말이 나왔다.

그의 마음을 되돌릴 수만 있다면, 이까짓 거짓말쯤은 얼마든지 할 수 있다.

"내가 외로워하니까 그냥 같이 있어준 것뿐이야. 카즈키가 출장 호스트 일도 하고 있는 거 알지?"

케이타는 금방 내 말을 믿어주지 않았다.

잠시 머뭇거리던 그가 내 입술에 거칠게 키스했다.

"카즈키랑 키스도 했어?"

"…안 했어……."

"거짓말쟁이. 키스 정도는 했을 거 아냐."

"아니야……."

케이타의 혀가 거칠게 입안으로 밀고 들어왔다.

"딥키스였겠지?"

"아니야……."

그는 블라우스가 찢어지도록 내 옷을 양옆으로 젖혔다. 그 바람에 단추 몇 개가 떨어져 나갔다.

"가슴도 만졌지?"

"아니……."

"이렇게 만졌을 거야."

케이타가 양손으로 가슴을 그러쥐었다.

"아윽…… 그런 일 없었어."

아니, 거짓말이다. 그는 가슴만이 아니라 내 몸 구석구석을 만졌다.

사실은… 카즈키와 마지막 선을 여러 번이나 넘었다.

하지만 그 사실을 나는 무덤까지 갖고 갈 작정이었다.

"여기도 봤을 거고."

케이타가 팬티를 끌어내리고 내 무릎을 양쪽으로 벌렸다.

"……그러지 않았어."

그의 손가락이 나의 꽃잎을 낱낱이 살피며 집요하게 움직였다.

"하아앗… 케이타……!"

케이타가 살벌한 기세로 나를 벌주고 있는데도 눈앞에 그가 있다는 것만으로도 나는 한없이 기뻤다.

그가 나를 내려다보고 있다는 것만으로도 가슴이 벅찼다.

이런 일은 두 번 다시 없을 거라 생각했다.

케이타의 입술이 비밀의 문에 닿았다.

"하… 앙…… 케이타."

"카즈키도 이렇게 아카리를 맛보았겠지?"

"아니, 아니야. 안 그랬어……."

맞아, 케이타. 온천에 갔을 때도 카즈키가 찾아와 내 온몸을 핥았어.

그러나 그 말은 케이타의 귀에 닿지 않는다.

결코 닿을 일은 없을 것이다.

"카즈키랑 실컷 해놓고……."

케이타의 의심은 쉬이 잦아들지 않았다.

"케이타는… 어땠는데?"

좋은 건지 불안한 건지 모를 기분으로 머릿속이 엉망이다.

몽롱한 상태로 난 케이타를 올려다보며 물었다.

"⋯⋯나?"

"레이나라는 애랑 섹스 안 했어?"

질투심은 없었다.

케이타가 내 곁으로 돌아와 주기만 하면 그걸로 충분했다.

"레이나랑은… 안 했어. 그냥 잠이 안 온다기에 누워서 같이 잔 게 다야."

케이타 역시 거짓말을 하고 있다. 그의 흔들리는 눈동자를 보면 알 수 있다.

'케이타, 너도 바람피웠잖아.'

그러나 구태여 그 말을 해서 일을 크게 만들고 싶지는 않았다.

그래서 나는 그저 머리를 조아렸다.

오해였다고, 거짓을 고했다.

"카즈키와는 어떤 체위를 즐겼어?"

몸 안으로 뜨거운 불기둥이 뚫고 들어왔다.

"…하앙⋯⋯!"

열찬 기쁨이 훑고 지나가며 온몸에 저릿한 충격이 전해졌다.

"아흑… 케이타⋯⋯!"

헤어지고 싶지 않다. 영원히 케이타와 함께하고 싶다.

불기둥이 내 몸의 빈 공간을 꽉 채웠다.

"아직 정신 놓으면 안 돼."

케이타가 냉정히 이르며 허리를 쳐올렸다.

"카즈키도 이런 식으로 했어?"

"아니… 아니라니까."

화끈한 열기가 몸을 가득 채웠다. 열락에 들뜬 나는 무수히 한숨을 토해냈다.

이렇게 뜨거운 오르가즘을 느끼는 건 상대가 케이타이기 때문이다.

"케이타가 좋아……. 케이타가 아니면 안 돼……."

"왜 나를 이렇게……."

다시 내 몸에 허리를 밀어붙이며 그가 본심을 흘렸다.

"나는 연기도 서투르고 얼굴도 그저 그런데 뭐가 그렇게 좋다는 거야……?"

"나는 케이타한테 재능이 있다고 생각해. 케이타는 흔해빠진 연예인이 아니야. 언젠가 반드시 빛을 뿜어낼 거라고 난 믿어."

"재능……. 여자를 홀리게 하는 재능 말이야?"

케이타의 허리가 격렬하게 요동쳤다.

"…그래……!"

머리카락이 사방으로 흩어지고 숨결이 흐트러진다. 그런 나를 보며 케이타는 집요하게 추궁했다.

"정직하게 말해. 실은 카즈키랑 갈 데까지 간 거지?"

"아니야. 그렇지 않아……."

케이타의 동작에 맞추며 나는 한결같이 카즈키와의 관계를 부정했다.

그가 믿어줄 때까지 온 힘을 다해 부정하기로 이미 굳게 마음먹은 터였다.

마침내 머릿속이 새하얗게 변하며 더 이상 그 무엇도 생각할 수 없는 절정의 순간이 찾아왔다.

나는 눈을 감았다.

앞으로도 영원히 케이타 곁에 머물 수만 있다면…….

14화
위로의 키스

케이타와 헤어지고 한 달이 흘렀다.

그가 열쇠를 돌려주러 온 날, 우리는 사랑을 나누었다.

다시 시작할 수 있어.

그때는 설핏 그런 생각이 들었다. 그러나…….

이별에 대한 케이타의 의지는 변하지 않았다.

「다시 만나서 뭘 어쩌게? 회사에서도 우리 관계를 인정하지 않을 텐데 어쩌려고?」

「그래도… 헤어지기 싫어……. 케이타를 사랑해…….」

나는 그에게 매달리고 또 매달렸다. 그래도 그의 마음은 꿈쩍도 하지 않았다.

「새 매니저가 결정됐어. 나 더 열심히 할 거야.」

그는 내게 마음을 굳게 닫아버렸다.

「이젠 끝이야. 이제 내 매니저도 아니니까 앞으로 얼굴 볼 일은 없겠지.」

그것이 마지막이었다.

내 앞으로 신인 가수 몇 명이 배당되었다.

배우가 아닌 연예인을 담당하는 건 처음인 데다가 잘 알지도 못하는 일을 맡았다 보니 서투른 일투성이였다. 하루 종일 발발거리며 뛰어다니다가, 집에 오면 픽 쓰러져 잠이 들었다.

그러는 사이 케이타는 연락을 뚝 끊어버렸다.

내 전화번호를 수신 거부 해놨는지 아무리 전화를 걸어도 연결이 되지 않았다.

그는 나에 대한 기억을 말끔히 지워 버린 채, 아니 아예 나와의 추억 따윈 존재하지도 않는 것처럼 그렇게 지내는 듯 보였다.

이것이 그의 뚜렷한 의지라면 내가 할 수 있는 일은 없다. 더 이상 그를 기다려서도 안 된다.

뭐라 형용하기 어려운 고독감이 나를 송두리째 뒤흔드는 하루하루였다.

회사 내에서도 가시방석이었다. 나를 보는 사람들의 눈이 따가웠다.

이제 나와 케이타가 남몰래 사귀고 있었다는 것을 모르는 사람은 없었다.

나는 외톨이가 되었다.

새 매니저와 영화 오디션에 매진하던 케이타가 오늘 드디어 준주인공 역을 따냈다는 소식이 회사 게시판에 올라왔다.

이제 되었다.

수완 좋은 매니저를 만나 그의 앞길이 탄탄대로로 이어진다면 나로선 바랄 것이 없다.

나는 이제 케이타에게 쓸모없는 존재다.

서로를 원할 일도 없다.

서로를 안을 일도 없다.

회사 규칙을 어긴 여자가 내려야 할 결정은 애초에 하나뿐이었다.

사직서를 내는 것.

회사에 기를 쓰고 버티고 있어봤자 내게 붙은 꼬리표는 사라지지 않을 것이고, 무엇보다 케이타를 잊고 싶었다.

케이타가 행복해지길 바란다.

점점 유명해져서 어엿한 배우가 되기를 바란다.

하지만 옆에서 그를 지켜볼 자신은 없었다.

사무실 벽에 붙은 그의 포스터를 볼 때마다, 달콤한 입술을 볼 때마다, 예전처럼 얘기하고 싶어 견딜 수가 없었다. 다시 한 번 키스하고 싶어 견딜 수가 없었다.

한심하다.

새로운 길로 나아가기 위해서라도 이 회사는 그만두는 게 옳았다.

집으로 돌아온 나는 천천히 사직서를 작성했다.

회사에서도 두 팔 벌려 환영하겠지. 나를 만류할 사람은 아무도 없으리라.

이사 온 지 얼마 되지 않았지만 다시 이사를 가야겠다는 생각도 들었다.

케이타는 모두 잊고, 새 집에서 새 직장도 찾고 새로운 인생을 사는 거야.

연예계와는 전혀 상관없는, 지금까지와는 모든 게 다른 새로운 길을 찾는 거다.

어차피 매니저로서는 해선 안 될 짓을 저질렀으니까 이 바닥에 내가 발붙일 곳은 없다.

담당 연예인을 사랑해 버렸으니까…….

오랜만에 대청소를 하다 보니 케이타가 입던 옷이 몇 벌 남아 있었다.

예고 없이 자고 갈 때를 위해 마련해 두었던 속옷과 티셔츠 몇 벌.

이젠 필요 없어진 옷들이다.

처분해야겠지…….

티셔츠를 쓰레기봉투에 넣으려던 순간, 현관 벨이 울렸다.

'……케이타……?'

속절없이 가슴이 두근거렸다.

'혹시 오디션에 합격한 사실을 알려주려고……?'

떨리는 손으로 천천히 현관문을 열었다.

다시 그를 만나면…….

예전으로 돌아가자는 말은 이제 할 수 없다.

그래도 하다못해 평범한 친구로 남을 수만 있다면…….

"오랜만이야."

케이타가 아니었다.

카즈키가 문 앞에 서 있었다. 그가 살짝 웃는 얼굴로 말했다.

"실망한 얼굴이네. 케이타인 줄 알았어?"

"아니……. 케이타하고는 이제……. 그리고 난 이미 매니저 일에서도 밀려났는걸."

"알아."

"그래?"

카즈키가 집 안으로 성큼 들어와 현관문을 닫았다.

"케이타가 아까 가게에 왔어. 영화를 시작해서 호스트 일은 당분간 쉬겠다고."

"그랬구나."

그만두는 게 아니라 당분간 쉬겠다고……? 케이타답다. 그는 아마도 넘버원이 될 때까지 호스트 일을 그만두지 않겠지.

"아주 헤어진 거지?"

"……어?"

설마 케이타가 카즈키한테 그런 말까지 할 줄은 몰랐던 터라, 나는 깜짝 놀라 고개를 번쩍 들었다.

"케이타한테서 들은 말 아니야. 당신 얼굴 보고 짐작한 거지."

그의 얼굴에 씁쓸레한 미소가 번졌다.

"당신이나 나나 똑같은 신세가 됐군. 케이타한테 상처받은 신세……."

나를 애처롭게 바라보는 카즈키의 눈빛이 가슴을 옥죄었다.

어째서 우리는 이토록 케이타에게 휘둘리는 걸까.

언제나 자신의 감정에 충실한 케이타. 그 감정에 따라 수많은 여자 사이를 오고가는 그의 철없는 행동으로 인해 카즈키는 과거에, 나는 지금 쓰라린 아픔을 맛보고 있다.

그래도 케이타는 아무것도 모르겠지. 아니, 알려고도 안 하겠지.

"아카리…… 애 많이 썼어."

카즈키가 나를 가만히 안아주었다.

"힘들었지? 바람피우는 애인을 기다리느라 상처도 많이 받았을 거야. 고생 많았어. 아카리는 아무것도 잘못한 거 없어."

눈물이 뺨을 타고 또르르 흘러내렸다.

기운이 빠져 무릎이 툭 꺾이고 말았다. 카즈키는 나를 일으켜 세우고 침대로 데려가 주었다.

"그동안 연락 안 해서 미안해. 케이타와의 관계가 명확해질 때까지 기다려야 할 것 같았어."

그가 나의 머리카락을 가만히 쓸어내렸다.

내 입술에 입을 맞추며 서러운 울음을 토해내는 나를 위로해 주었다.

그의 팔이 듬직하게 내 몸을 끌어안으며 등을 토닥였다.

"그새 살이 많이 빠졌네. 많이 힘들었나 봐……."

흐느낌이 잦아들 무렵 나는 그의 입술을 받아들였다.

"케이타는… 좋아 보여?"

"한 번도 못 봤어? 변함없지 뭐. 귀가 따가울 정도로 한참 수다 떨다 갔어."

"그랬구나……."

아마도 그는 나 같은 건 애저녁에 잊은 게 틀림없다.

"아카리는 이러고 있는데 그 녀석은……. 정말 남의 마음은 눈곱만큼도 헤아리지 못하는 놈이라니까."

"케이타 욕하지 마."

"당신 정말……."

나는 세차게 고개를 가로저었다. 이 와중에도 나는 케이타를 감싸고 만다.

"이제 그 자식은 잊어버려."

그의 입술이 내 입술을 덮었다.

뜨끈한 혀가 입술을 비집고 들어와 입 안을 헤집었다.

"…으읍……!"

카즈키의 애무에 가슴이 늑진해진다.

내 마음속엔 카즈키가 들어올 자리가 없다.

여전히 케이타로 넘쳐나고 있기 때문이다.

그를 잃었지만 그에 대한 사랑은 조금도 줄어들지 않았다.

그런데도 카즈키의 입술과 카즈키의 혀는 내게 짜릿한 흥분을 안겨준다.

후끈한 그의 혀와 내 혀가 하나로 얽혔다.

"하아… 하……."

"나는 아카리를 위로하러 온 거야……."

그는 내 가슴을 살포시 움켜쥐었다.

"마음껏 사랑해 줄 테니까 괴로운 일은 모두 떨쳐 버려."

그날 밤.

카즈키는 내 몸 전체에 붉은 열꽃을 새겼다.

발끝에서 머리끝까지…….

그의 혀가 닿지 않은 곳이 없었다.

"하앗… 아아……!"

붉은 유두…….

새하얀 목덜미…….

봉긋한 엉덩이…….

세밀하고 섬세한 혀의 움직임.

나는 어느덧 뭍으로 올라온 물고기처럼 세차게 몸부림치고 있었다.

"카즈키……!"

그의 손길에, 혀에, 온몸이 뜨겁게 열을 뿜어내며 경련을 일으켰다.

"하아아……."

그리고 마침내… 그의 혀가 내 허리 아래로, 수줍은 오솔길로 접어들었다.

오솔길은 이미 촉촉이 젖어 그를 맞이할 채비를 하고 있었다.

할짝, 하고 그가 그곳을 핥은 순간—

찌리릿, 하는 자극이 등줄기를 타고 내려갔다.

"아앗…… 대단해!"

몸이 파르르 떨리며 의식이 그 한 곳으로 집중되었다.

"너무 좋아……!"

감히 최고라고 할 수 있을 만큼 강렬한 쾌감이었다.

"어때, 기분 좋지?"

카즈키는 여체에 대해 잘 아는 사람이다.

그리고 여자를 어떻게 위로해야 하는지도.

이 사람은 진정 프로 호스트라는 걸 절감했다.

하지만 나는, 적어도 지금은 프로 호스트로서 위로해 주고 있는 게 아닐 거라는 생각이 들었다.

우리는 케이타를 접점으로 만나 여기까지 왔다.

그래서 이토록 몸도 마음도 끈끈히 이어지는 게 아닐까.

꿀을 가득 담은 오솔길에서 끈적끈적한 꿀이 미끄러지듯 흘러나왔다.

"부탁해……. 이제 들어와 줘……."

흥분이 극에 달한 나는 그에게 간절히 애원했다.

"알았어……."

오늘 밤의 카즈키는 더할 나위 없이 상냥하다.

내 안으로 그가 부드럽게 들어왔다.

"하윽……!"

몸이 수백만 개로 갈라지는 것만 같았다.

웅장하고 뜨거운 카즈키의 일부가 나를 집어삼키는 것 같은 감각이었다.

그가 서서히 허리를 움직인다.

감미로운 쾌감이 잔잔하게 물결친다.

"아아… 좋아……!"

그의 등에 팔을 휘감고 뜨거운 숨을 내뱉었다.

"기절할 것 같아……."

그가 내 몸을 붙잡아 일으켰다.

우리는 마주보고 앉은 자세로 허리를 위아래로 들썩였다.

"하으윽……!"

머리카락이 춤을 춘다.

두 사람이 흘리는 땀이 사방으로 흩어진다.

세상에 둘만 남은 것 같은 감각. 모든 걸 통째로 날려 버릴 것 같은 감각.

기분 좋아…….

"아카리에 대해서라면… 전부 알고 있어."

카즈키의 허리가 움직일 때마다 내 몸이 들썩거렸다.

"쾌감을 느끼는 부분도, 당신의 기쁨도 슬픔도 내가 다 받아줄게."

그의 허리놀림 이상으로, 그 따뜻한 한마디가 가슴속을 파고든다.

케이타로 인해 텅 비어버린 가슴속으로 스며든다.

"카즈키……."

그의 등에 양팔을 휘감으며 나는 물기 어린 교성을 토해냈다.

나를 사랑해 주는 그의 마음은 진심이다.

이제 케이타는 내 곁에 없다.

내게는 카즈키뿐이다…….

그러니까…….

카즈키가 아래에서 위로 극렬하게 찔러 들어올 때마다 나는 아찔한 비명을 터뜨렸다.

언제부턴가 짭짤한 눈물이 볼에서 목덜미를 타고 흘러내렸다.

'이제… 된 거야…….'

세상이 하얗게 변해간다.

카즈키가 내 몸을 부서져라 끌어안았다.

나는 행복한 사람이다.

카즈키와 함께하면 이런 행복 속에서 살아갈 수 있다.

카즈키와 이렇게, 영원히…….

그다음 날, 나는 회사에 사직서를 제출했다.

예상했던 대로 사직서는 순조롭게 수리되었다.

유급휴가가 남아 있으니 오늘 바로 정리해 퇴근하라는 씁쓸한 배려의 말과 함께.

회사에서 나는 이미 버린 패였던 것이다.

생각지도 않게 시간이 나는 바람에 정처없이 거리를 걷다 보니 문득 공원에 걸음이 닿아 있었다.

어차피 할 일도 없고 하필 날씨는 쾌청하기 그지없어서 공원 벤치에 자리를 잡고 앉았다.

참 이상하게도… 이럴 때 사람들은 왜 꼭 공원을 찾게 되는 걸까.

나무벤치에 앉아 분수대 근처에서 천진난만하게 뛰어노는 아이들을 멍하니 바라보았다.

　나만 빼고 다들 즐거워 보인다.

　나도 저렇게 즐거울 때가 있었지.

　케이타와 함께 있을 땐 나도 저 아이들 못지않게 행복하고 즐거웠다.

　그때…….

　휴대전화가 울렸다.

　케이타의 번호다.

　나는 허둥지둥 전화를 받았다.

　『여보세요? 어떻게 된 일이야?』

　밑도 끝도 없이 그가 버럭 소리를 질렀다.

　『회사 왜 그만둔 거냐고!』

　꿈에 그리던 케이타의 음성이다.

　이게 얼마만인지 모르겠다.

　그의 목소리를 듣자 아이러니하게도 그가 더 멀게 느껴졌다.

　『왜 아카리만 그만둬야 하는데! 사표 던지기 전에 나한테 한마디쯤 해줘야겠다 생각 안 해봤어?!』

15화
프러포즈

휴대전화 너머 들리는 노기 띤 그의 음성에 또다시 눈물이 솟구쳤다.

태양빛이 내리쬐는 공원에 앉아 나는 또다시 울음을 터뜨렸다.

싱그러운 날씨가 야속하기만 했다. 나는 모든 걸 잃고 미아가 된 것만 같은데……

일도 사랑도 모든 걸 잃고 나니 쨍하니 내리쬐는 햇볕이 잔인하게 느껴졌다.

『여보세요? 내 말 듣고 있어?』

짜증과 초조함이 뒤섞인 케이타의 음성이 나를 다그쳤다.

"응……."

두 번 다시 듣지 못할 거라 생각했던 그의 목소리가 귓가

를 울렸다.

"정말 사랑했어."

그에게 하고 싶은 말은 그것뿐이다.

"앞으로도 영원히 함께 있고 싶었어."

그러나 우리는 회복할 길 없는 쓰라린 상처를 입고 말았다.

『그만둘 것까지는 없었는데.』

한결 누그러진 목소리로 그가 말했다.

"아냐. 이미 그만둔걸, 뭐."

그래……. 이제 다 끝났다.

그저 조용히 사라지면 그뿐이라 생각했다.

그런데 뜻밖에도 케이타가 전화를 걸어왔다.

짐작도 못한 일이라 감정을 제어하지 못했다.

이를 악물고 잊으려 했는데 이렇게 전화를 받고 나니 그토록 모질게 다짐했던 결심이 모래성처럼 무너져 버렸다.

『그럼 이제 다시는 못 보는 건가?』

"……."

나는 대답하지 않았다. 이제 끝이라고 말한 건 다름 아닌 케이타가 아닌가.

『이젠 정말 끝이구나.』

"응. 이제 끝이야."

전화를 끊고 싶지 않다. 영원히 그의 목소리를 듣고 싶다.

케이타 특유의 다정다감한 목소리를 듣는 것만으로도 이렇게 마음이 따사로워진다. 얼어붙었던 마음에, 스산했던 마음에 온기가 돈다.

『앞으로 어쩔 건데?』

"나……?"

아무 생각 안 해봤다.

『괜찮겠어?』

"응……. 모아둔 돈도 조금 있고. 어떻게든 되겠지."

나는 북받치는 감정을 갈무리하며 마지막 남은 기운을 쥐어 짜냈다.

"케이타……."

마지막 통화인데도 할 말이 없었다.

"열심히 해……."

끝까지 이런 말밖에 하지 못하는 내가 안타까웠다.

『응. 아카리도 잘해 나갈 거라 믿어.』

전화가 끊겼다.

『지금까지 고마웠어.』

그게 마지막으로 들은 케이타의 음성이었다.

"잠깐!"

황급히 소리쳤으나 전화는 이미 끊어진 뒤였다.

'기다려…… 아직 끊지 마.'

나는 허둥지둥 재통화 버튼을 눌렀다.

그러나 이내 마음을 고쳐먹었다.

이제… 끝난 사람이다.

그때 벼락같이 울리는 전화 벨소리에 나는 화들짝 놀랐다.

케이타도 나와 같은 생각에 다시 전화를 걸어준 걸까?

설렘은 순식간에 낙담으로 변했다.

휴대전화 액정에 뜬 번호는 카즈키였다.

"여보세요?"

고작 그 말만 했을 뿐인데도 그는 벌써 무언가 낌새를 느낀 모양인지,

'무슨 일 있었어?' 라고 물었다.

"당신은 왜 그렇게 날카로울까?"

『목소리가 떨리니까. 혹시 울었나?』

"카즈키는 나에 대해 모르는 게 없네."

『늘 아카리를 생각하고 있거든.』

"그래……."

넘버원 호스트에 대기업 사원인 데다 출장 호스트까지 뛰고 있는 카즈키.

이렇게 대단한 사람이 나를 원한다는 건 감사한 일이다.

그러니까 그냥 눈 딱 감고 그를 따라가면 된다.

아마, 그게 맞을 것이다.

『오늘 밤 가게 안 올래? 내 생일이거든.』

"생일? 축하해."

『아니, 내 생일은 다음 주 월요일이야. 그래도 오늘은 불타는 금요일이니까 파티를 열면 분위기도 살고 더 좋을 거 같아서.』

"그렇긴 한데… 가게는 좀……."

『케이타는 안 와. 말해봤는데 지금은 어차피 쉬는 중이고 촬영이 있대.』

내가 망설이는 이유를 그는 정확하게 간파했다.

"그래……."

가게에 가면 그를 볼 수 있을지도 모른다는 얄팍한 기대는 여지없이 깨져 버렸다.

그날 밤 나는 '톱 프린스'를 방문했다.

가게 문앞에는 카즈키의 생일을 축하하는 화환과 꽃다발들이 빼곡히 놓여 있었다.

다른 가게에서 보낸 축하화환, 손님들이 보낸 선물들로 가게 앞이 아예 파묻힐 지경이었다. 개중에는 연예인이 보낸 꽃도 보였다. 가게도 만석을 이루었고 과연 넘버원의 생일답게 떠들썩하고 흥겨운 분위기였다.

구석자리로 안내를 받아 그나마 한적한 곳에 자리를 잡았는데도 좀처럼 안정이 되질 않았다.

여기저기에서 고급 샴페인이 터지고 그럴 때마다 카즈키가 홀로 나가 건배를 외쳤다.

도착한 지 한참 후 카즈키가 내 자리로 왔을 때 나는 완전히 얼이 나가 있었다.

"왜 이렇게 불안한 눈을 하고 계실까?"

그가 내 어깨에 가볍게 팔을 둘렀다.

이 손가락이 내 안의 가장 깊은 곳을 수없이 드나들었지.

느닷없이 그런 생각이 드는 바람에 얼굴이 화끈해졌다.

"카즈키……. 나는 샴페인 따줄 능력이 안 돼."

가장 저렴한 샴페인이라도 여기에선 몇 만 엔을 훌쩍 넘는다.

아무리 큰마음을 먹어도 지금으로선 그럴 만한 여유 자금이 없다.

"미안해. 생일이니까 샴페인 한 병쯤은 터뜨려 줘야 할 텐데."

내가 면목 없다는 투로 말하자 카즈키는 푸웁 하고 웃음을 터뜨렸다.

"내가 언제 아카리한테 그런 걸 부탁했어? 그냥 와서 파티나 즐기라고 부른 거야."

"그래도 딴 사람들이 모두 샴페인을 터뜨려 주는 걸 보니 미안하네."

"파티를 좋아하는 사람들이 더러 샴페인을 터뜨리고는 있는데 축하 방법이야 어차피 자기 마음 아니겠어? 난 그저 이 자리에 아카리가 있으면 좋겠다 싶었던 것뿐이야. 그걸로 충분해."

나는 푸른색 샴페인을 담은 샴페인 타워를 아련한 눈빛으로 바라보았다.

홀 한가운데 여덟 단으로 우뚝 솟아 있는 샴페인 잔이 파르스름한 빛을 뿜어냈다. 저 역시 어마어마한 조공으로 가게 에이스로 통하는 손님이 준비해 준 것이라 했다.

백 만 엔은 족히 넘는 금액이라는 말도 들었다.

"사람들은 어째서 이렇게 돈을 흥청망청 쓰는 걸까?"

"응?"

카즈키가 깜짝 놀라 내 얼굴을 빤히 쳐다보았다.

"모처럼의 생일 파티인데 괜한 소리 해서 미안해. 아무래도 이해가 안 가서 그만……."

입술을 살짝 깨물고 카즈키에게 시선을 던졌다.

"카즈키가 호스트를 시작한 건 마케팅 연구 때문이라고 했지? 이제 충분히 목적을 달성하지 않았어? 그런데도 이 일을 계속하는 건 혹시 돈 때문이야?"

카즈키는 입을 다물었다. 그런 반응을 보일 줄은 몰랐기에 난 괜스레 미안해졌다.

"저기… 공연한 소리해서 미안해."

"아냐, 아카리 말이 맞아."

그가 고개를 끄덕였다. 표정이 바뀌어 있다.

"넘버원 자리를 꿰찬 후로는 그냥 타성에 젖어 이 일을 하고 있었던 거 같아."

홀에서 누군가 신호를 보내자 카즈키는 천천히 일어나 샴페인 타워로 걸어갔다.

"여러분, 오늘 밤은 정말 고맙습니다."

마이크를 들고 카즈키가 인사를 시작하자 여기저기에서 환호성이 터졌다.

그를 향한 손님들의 사랑은 상상 이상이었다.

그는 일일이 손을 들어 그들의 환호성에 답을 보내주었다. 그러면 또 다시 여자들이 자지러지고, 그것이 몇 번 반복되었다.

손을 내린 카즈키의 표정은 단단해져 있었다.

"그리고 조금 갑작스럽겠지만 저는 오늘 밤을 끝으로 호스트 업계에서 은퇴하고자 합니다."

찬 물을 끼얹은 것처럼 홀이 조용해졌다.

"거짓말이지~?"

술에 취한 한 손님이 발작적인 웃음을 터뜨렸다.

"사실입니다. 그러니 오늘이 여러분과 함께하는 마지막 날이 되겠네요."

다들 꿀 먹은 벙어리가 되었다.

"언제나 저를 지명해 주셨던 여러분 앞에서 은퇴하게 되어 기쁩니다. 지금까지 성원해 주셨던 여러분께 진심으로 감사드립니다!"

한 여자 손님이 눈물을 흘리기 시작했다.

망연자실, 아예 넋이 나간 손님도 보였다.

나 역시 어안이 벙벙해서 카즈키만 멍하니 쳐다보았다.

설마 좀 전의 대화 때문에……?

어수선한 가운데 카즈키가 나를 향해 성큼성큼 다가왔다.

그러더니 내 몸을 번쩍 안아 올리는 게 아닌가!

"보다시피 사랑하는 여자가 생겨서 이 바닥을 떠날 결심을 하게 됐습니다!"

"앗…… 카즈키!"

질투심, 선망, 경악, 슬픔이 마구 뒤섞인 시선이 여기저기에서 봇물처럼 쏟아졌다.

그럼에도 불구하고 카즈키는 태연하게 말을 이어갔다.

"저를 진심으로 좋아해 주신다면 아무쪼록 축하해 주세요."

한동안 침묵이 이어졌다.

정말 미치도록 어색한 분위기가 지나가더니, 잠시 후 하나 둘 손뼉을 치기 시작했다.

손뼉소리는 이윽고 거대한 함성으로 이어졌고, 호스트들과 손님들이 우리를 에워싸고 축하 인사를 보냈다.

"고마워! 오늘 밤엔 나도 실컷 취해야겠어!"

카즈키가 소리 높여 외쳤다.

가게 영업이 끝나고, 나와 카즈키는 같은 택시에 올랐다. 택시는 시내에 위치한 타워맨션에 도착했다.

"아카리, 내려."

"으음……."

이렇게 취한 적은 실로 오랜만이라 다리가 후들거리며 제대로 말을 듣지 않았다.

그 많은 사람과 일일이 인사하며 한 잔씩 받아 마신 탓에 나는 물론 카즈키 역시 제법 취한 상태였다.

엘리베이터를 타고 간신히 그의 집 문 앞에 도착한 나는 그의 손에 이끌려 순순히 집 안으로 들어갔다.

그러고 보니 그의 집을 방문한 건 오늘이 처음이다.

거실 한쪽에 설치한 통유리 너머로 화려한 도쿄 시내가 한눈에 들어왔다.

"예쁘다……."

"야경은 나중에 봐."

가뜩이나 휘청거리던 내 몸이 카즈키의 손에 떠밀려 킹사이즈 침대 위로 털썩 쓰러졌다.

"결혼식 같지 않았어? 다들 행복하라고 축하해 주니까 꼭 그렇던데."

"그러게."

슈트 재킷을 벗어던진 카즈키가 내 몸 위로 올라왔다.

"이대로…… 결혼해 버릴까?"

"……어?"

"나는 상관없어. 상대가 아카리라면."

술에 취해 있지만 눈빛은 진지했다.

"너무 갑작스러워서… 잘 모르겠어."

"그런가……?"

카즈키가 내게 키스했다.

"그리고 보니 낮엔 딴 놈 생각하며 울었지?"

카즈키가 심드렁하게 웃으며 어깨와 가슴을 쓰다듬었다.

"난… 기다릴 거야. 요 작은 머릿속에 내가 꽉 찰 때까지 기다릴 수 있어."

"카즈키……."

우리는 서로를 끌어안고 짙은 키스를 나누었다.

"괜찮아? 이렇게 갑자기 일을 관둬도 되는 거야?"

"마침 잘됐지, 뭐. 실은 언제 그만둘까 망설이던 중이었거 든. 아카리가 등을 떠밀어준 셈이야."

카즈키의 입가에 옅은 미소가 걸렸다.

"앞으로는 그냥 평범한 샐러리맨."

우리는 묵묵히 서로의 몸에 기댔다.

"아카리가 옆에 있어준다면 난 그걸로 충분해. 이젠 아카리만 보고 살 거야. 그래서 호스트도 그만둔 거고."

카즈키가 귓가에 속삭였다.

나를 생각하는 카즈키의 애틋한 마음에 진한 행복감을 느껴야 마땅한데도…….

머릿속에서 케이타의 목소리가 떠나지를 않았다.

「왜 아카리만 그만둬야 하는데!」

이제 그만……

지워야겠지.

두 번 다시 만나지 않을 거니까.

카즈키는 내 모든 걸 이해해 주었다.

"내가 케이타에 대한 기억을 깨끗이 지워줄게."

뜨겁게 속삭이며 내 몸에서 하나하나 옷을 걷어냈다.

"반드시 케이타의 망령을 쫓아내고야 말겠어."

그의 손이 하나 남은 속옷까지 벗겨냈다.

"으음……."

태어난 그대로의 모습으로 우리는 살과 살을 맞대었다.

카즈키의 온기가 내 몸을 포근히 감싸주었다.

"케이타한테 복수하려고 당신한테 접근했었지……. 그런데 어느새 나도 모르게 빠져들고 말았어."

카즈키는 내 하복부에 딱딱해진 물건을 대고 천천히 문질렀다.

"순식간에 이렇게 되고 말았어."

내 손을 붙잡아 그쪽으로 잡아당겼다.

"하……."

웅장하게 발기한 그것이 손에 닿았다.

"지금 들어가도 돼?"

그가 상체를 일으키고 요령 있게 내 다리를 벌렸다.

순간, 그것이 몸 안으로 미끄러져 들어왔다.

"하읍……!"

"하아… 따뜻해……."

전희가 없었음에도 나의 그곳은 기다렸다는 듯이 카즈키를 받아들이고 흠뻑 젖어들었다.

"봐… 우린 하나가 됐어……."

카즈키의 허리가 유연하게 춤을 췄다.

"응… 아아……."

"오늘 밤엔 안 재울 거야. 밤새도록 아카리를 안을 거야."

"그건 안 돼……."

거대한 파도가 내 몸을 덮쳤다.

"핫, 아앗, 그렇게 세게 들어오면……!"

"마음껏 느껴봐……. 오늘 밤엔 몇 번이고 절정에 올려줄게."

쑤우욱, 하고 그의 몸이 더 이상 들어올 데가 없을 만큼 깊숙이 들어왔다.

"…하아……!"

비명과 함께 머릿속이 새하얗게 변해갔다.

희뿌연 안개가 깔린 새벽녘의 고즈넉한 거리를 걷는 느낌이다.

나는 그렇게 한동안 침대 위에 가만히 누워 있었다.

"이왕 온 거 그냥 우리 집에서 살지그래?"

카즈키의 말에 피식 웃으며 대답하려던 찰나…….

문자 수신음이 들렸다.

케이타가 보낸 문자였다.

떨리는 손으로 문자를 열어보았다.

그가 보낸 문자는 간단했다.

『할 얘기가 있는데 내일 만날 수 있어?』

그게 다였다.

16화
달콤한 말

케이타의 문자에 뭐라고 답해야 할지 망설여졌다.
나는 멍하니 휴대전화 액정을 응시했다.

『할 얘기가 있는데 내일 만날 수 있어?』

간단명료한 케이타의 문자.
무슨 일이 있나…….
할 얘기가 뭐지…….
모르겠다.
케이타가 무슨 생각으로 이러는지 짐작도 가지 않는다.
"케이타가 보낸 문자지?"
카즈키가 대수롭지 않은 말투로 넌지시 말을 던졌다.

"그 자식도 감이 꽤 좋은가 봐. 한참 좋았는데 말이야……."

카즈키는 미묘한 표정으로 웃으며 내게 수건을 걸쳐주었다.

"아무래도 계속 즐기는 건 무리겠지?"

"……"

눈치 백단인 카즈키가 내가 케이타 일에 정신이 팔린 걸 모를 리가 없다.

그래도…….

"아냐……."

나는 휴대전화를 접었다.

"답장 안 할래."

"왜?"

"이젠 서로 관심 끊기로 약속했거든."

"그럼 왜 당신한테 문자를 보낸 건데?"

"나도 모르지. 할 얘기가 있으니 내일 보자는 말이 전부야."

"흐음……. 여자의 마음은 알겠는데 남자 마음은 잘 모르겠네. 워낙 어디로 튈지 모르는 녀석이기도 하고."

"응……."

"신경 쓰이면 얘기라도 듣고 오지?"

"아니야……."

"나도 같이 가줄까?"

"아니, 괜찮아. 조금 생각해 볼게."

"쯧쯧……. 술이 번쩍 깨는군."

카즈키가 떨떠름하게 웃었다.

"당신은 여전히 케이타 놈을 좋아하나 봐. 내가 아무리 안 아줘도 문자 하나만으로 신경이 온통 그놈에게 쏠리고 있잖아."

"이젠 아니야. 더 이상 만나고 싶지도 않고."

"진심이야?"

"응. 만나지 않는 편이 옳다고 생각해."

"만나면 다시 케이타를 좋아하게 될까 봐?"

카즈키가 형형한 눈빛으로 그렇게 물었다.

"카즈키는 나를 너무 잘 아는 것 같아."

"만나 봐."

그의 눈은 한없이 진지했다.

"왜……?"

"만나야 자신의 본심을 알 수 있지. 케이타도 자신의 진심을 확인하려고 당신을 불러낸 건지도 몰라. 물론 난 두 사람이 안 만났으면 좋겠지만. 케이타가 다시 당신을 채어가면 분해서 못 살 것 같거든. 그런데……."

카즈키가 내 어깨를 가만히 쥐었다.

"당신 마음에 케이타가 앞으로 계속 남아 있는 건 더 싫을 거 같아."

그리고 다음 날.

나는 케이타의 집을 찾아갔다.

두 번 다시 찾아올 일 없을 거라 여겼던 집 앞에 다시 서고 보니 기분이 야릇했다.

집 안으로 들어간 나는 파란색 소파에 케이타와 나란히 앉았다.

"할 얘기가 뭐야?"

조심스레 화제를 꺼내보았다.

구태여 집으로 부른 건 내가 미처 챙겨가지 못한 물건들을 가지고 가라는 뜻에서일지도 모른다는 생각도 들었다.

오늘 밤 케이타는 유난히 조용했다. 내가 아는 그의 모습과는 다소 동떨어지는 분위기에 긴장이 되었다.

이런저런 일들이 불쑥불쑥 떠올랐다. 일도 없고 먹을 것도 없이 이 방에서 한세월을 보내던 그의 모습들이.

불투명한 장래가 불안하기만 했지만 그래도 행복한 시절이었다.

케이타를 돕고 있다는 실감이 명확했고 그 역시 내게 모든 걸 의지했으니까.

나와 케이타의 균형이 깨진 건 그가 미니시리즈에 출연하고자 호스트 일을 시작하고 나서부터였다.

호스트 일에 흠뻑 빠진 그는 나를 까맣게 잊곤 했다.

거기에 드라마 일로 서서히 바빠지면서 우리는 조금씩 삐그덕거렸다.

그 시절의 케이타를 만날 수만 있다면 진심으로 기뻐해 줄 텐데.

그러나 케이타가 그때처럼 나를 향해 수줍은 미소를 짓는 일은 두 번 다시 없을 것이다.

오랜만에 다시 만난 그의 눈동자에서는 자신감이 흘러넘쳤다.

예전의 그 유약하고 아이 같은 케이타가 아니었다.

좀처럼 입을 열지 않고 있던 그가 마침내 입을 떼었다.

"저기, 나도 회사 그만뒀어."

"……뭐라고?"

"그만뒀다고."

그가 한 말의 의미를 이해하는·데 약간의 시간이 걸렸다.

"회사 그만뒀어."

"왜……?!"

심장이 멈출 것처럼 격렬하게 요동쳤다.

"잘못은 나도 같이 했잖아. 아카리가 그만두면 나도 그만둬야지."

후련하다는 말투였지만 나는 마음이 조급해졌다.

"무슨 소릴 하는 거야?! 그만두면 어떡해. 모처럼 괜찮은 역할도 맡았다면서."

"맞아. 그래서 영화 촬영이 끝나면 그만두기로 했어."

케이타가 가슴을 펴며 호기롭게 말했다.

"그런 얼굴 하지 마. 난 기분 좋단 말이야."

"앞으로 어쩌려고 그래? 이제 슬슬 알려지기 시작한 참인데. 아직 괜찮을 거야. 잘못 생각했다고 해!"

"됐어. 아카리를 거의 자르다시피 한 회사인걸. 난 그런 곳에 있기 싫어."

"그래도 옮길 회사가 정해진 것도 아닌데 앞으로 어쩌려고 그러는 거냐고!"

"음… 그래서 말인데……."

케이타가 내 눈을 뚫어지게 쳐다보더니, 천천히 입을 열었다.

"할리우드에 갈 생각이야."

"……뭐?"

"할리우드에 가서 나를 시험해 보고 싶어."

"할리우드라니……. 영어는 어쩌고? 거기도 일본처럼 오디션 통과 못하면 죽도 밥도 안 된다던데?"

케이타의 말이 어찌나 황당무계한지 어이가 없었다.

할리우드 진출이 그렇게 말처럼 쉬운 일이 아니기에 당황스럽기 짝이 없었다.

"난관이 많다는 건 나도 알아. 그래도 한 살이라도 젊을 때 도전해 보고 싶어. 영어는 필사적으로 공부하면 어떻게든 되겠지."

케이타의 눈동자가 초롱초롱 빛난다. 미래에 대한 희망이 찬란한 빛을 발하고 있다. 케이타에게서 이처럼 싱싱하고 파릇파릇한 느낌을 받은 적이 있었던가.

케이타가 열기 어린 음성으로 말했다.

"아카리, 나랑 같이 할리우드로 가자."

"어……?"

너무 놀라 말문이 막혔다.

"아카리도 어차피 새 직장을 찾아야 하잖아. 그러니까 나

랑 할리우드에 가보는 건 어때?"

케이타는 나를 와락 끌어안았다.

"난… 역시 아카리가 없으면 안 돼."

케이타의 얼굴이 바싹 다가왔다.

"다른 매니저는 안 돼. 아카리 덕에 여기까지 올 수 있었던 말이야."

그의 입술이 내 입술을 애타게 찾았다.

"앞으로 어떻게 될지는 나도 몰라. 그래도 우리 둘이 있으면 뭐든 뛰어넘을 수 있을 것 같아. 지금까지 그래왔던 것처럼."

케이타는 몇 번이고 몇 번이고 내게 입을 맞췄다.

너무 기뻐 눈물이 흐를 것 같은 것을 참으며 다시 물었다.

"미국으로 가버리면 다른 여자애들이랑은 모두 안녕인데 괜찮겠어?"

"다른 여자는 필요 없어."

케이타는 내 몸을 소파에 눕히며 몸을 겹쳤다.

"아카리만 있으면 그걸로 충분해."

얼마나 애타게 기다려 왔던 말인가.

기뻤다.

어쩌면 지금이니까 하는 말인지도 모른다.

어디로 가도 케이타는 또 바람을 피울지도 모른다.

그래도 기뻤다.

"전보다 훨씬 엄격하게 할 건데, 그래도 괜찮겠어?"

"같이 있어줄 거야?"

"케이타가 진심을 다해 도전한다면 도와줄게."

"난 진심이야! 성공할 때까지 돌아오지 않을 작정이라고."

"예전처럼 또 같이 일할 수 있겠네. 너무 기쁘다……."

그렇게 말하자 케이타도 환하게 웃으며 나를 끌어안았다.

"난 역시 아카리가 좋아."

"나도 케이타가 좋아."

케이타가 키스를 멈추었다.

"그런데… 카즈키랑은 어떻게 됐어?"

"……."

"호스트 그만뒀다던데."

"응……."

"아카리랑 사귀기로 했어?"

"아니……."

조금 망설이면서도 나는 솔직하게 대답했다.

"실은… 사귀자고는 했어. 꽤 망설이던 참이었고. 그런데 케이타를 만나고 오라고, 케이타에 대한 마음을 확실히 하는 게 좋다고 그래서 이렇게 오게 된 거야."

"그랬구나. 그 녀석은 좋은 놈이야."

케이타가 눈을 가늘게 뜨고 말했다.

"응……."

그의 말대로 용기를 내어 케이타를 만났고, 이렇게 그의 진심을 듣게 되었다.

그리고 내게는 여전히 케이타가 소중하다는 사실을 인정하게 되었다.

나를 이곳에 보내준 그의 배려가 진심으로 고마웠다.

"카즈키가 나더러 케이타를 진심으로 좋아하는 것 같다고 하더라."

"나도 그렇게 생각해."

케이타의 말투에서 희미한 안도감과 웃음이 묻어난다.

케이타가 불쑥 내 치마 속으로 손을 넣어 팬티를 끌어내렸다.

"앗, 뭐하는 거야."

"뭐하기는…… 당연한 걸 왜 물어?"

케이타의 손가락이 훤히 드러난 내 아랫도리를 더듬었다.

"앗… 케이타, 그러지 마……."

어둡고 끈적끈적한 동굴 속으로 그의 매끈한 손가락이 미끄러져 들어왔다.

"앗… 안 돼……!"

"안 되긴 뭐가 안 돼. 이렇게 촉촉하게 젖었는데."

긴 손가락이 오르골 안의 댄서처럼 빙글빙글 춤을 추었다.

"나랑 한동안 못 만나니까 외로웠어?"

그는 손가락으로 비밀의 샘을 바쁘게 오르내리며 물었다.

"외로웠어……."

나는 진술하게 대답하며 볼록 솟아오른 그의 몸에 가만히 손을 가져다대었다.

서로의 소중한 부분을 손에 담으며 키스를 했다.

"케이타……."

"아카리, 우리 이제야 완전히 하나가 된 것 같아."

"응……."

많은 일이 있었다. 케이타도 나도 다른 이에게 마음을 빼앗겼었고, 일자리도 잃었다.

지금 우리에겐 아무것도 없다.

그저 눈앞에 사랑하는 사람만이 있을 뿐…….

하지만 그거면 됐다.

"들어가고 싶어……."

"응… 좋아……."

팽팽하게 튀어오를 듯 탄탄해진 케이타의 물건이 내 몸에서 흘러나온 샘물에 흠뻑 젖었다.

사랑하는 이와 하나가 된다는 건 축복받은 일이다.

케이타는 바지만 내린 상태로, 나는 치맛자락을 올린 상태로 격렬하게 얽혀들며 서로를 갈구했다.

"아앗…… 케이타……!"

이 감촉을 하릴없이 기다렸다.

나는 눈을 감고 한껏 허리를 튕겨 올려 그를 받아들였다.

"아카리…… 당장 사정할 것처럼 기분이 좋아……."

케이타가 흥분을 참지 못하고 소리쳤다.

"좋아… 사정해도 돼……."

"싫어."

케이타가 입을 앙다물고 허리를 튕겼다.

"핫…… 아앗…… 앗……!"

단단한 그의 몸에 내 몸이 두 개로 쪼개지는 듯했다.

폭풍처럼 휘몰아치는 절정감.

"케이타… 좋아……."

"나도……."

우리는 한 쌍의 짐승처럼 거칠게 허리를 들썩였다.

소파가 부서질 듯 비명을 지르며 둔탁한 소리를 내는 가운데, 케이타는 오로지 한 가지 행위에만 몰두했다.

나는 수차례 정상을 오르내렸다.

"케이타… 케이타, 케이타, 죽을 것 같아!"

울음 섞인 목소리로 간절히 애원해도 케이타는 동작을 멈추지 않았다.

"아카리를 미치게 만들고 말겠어."

그렇게 포효하며 더욱 강하게 허리를 밀어붙였다.

"앗, 하앗, 케이타……!"

내 다리가 만개한 꽃처럼 활짝 벌어져 그의 몸을 한껏 받아들이고 있었다.

"케이타……! 그만……!"

"안 돼. 이 정도론 안 돼."

그의 손이 내 몸을 가볍게 뒤집더니 뒤에서 공격을 시작했다.

엉덩이로 전해지는 그의 사나운 공격에 온몸이 산산조각 나는 듯했다.

팔다리에 경련이 일어났다.

"학……! 케이타, 더는 못하겠어!"

머릿속이 복숭아빛으로 물들어갔다.

엉덩이가 움찔움찔 경련을 일으키며 그의 무기를 시큰하

게 휘어감았다.

"그렇게 조이면 나올 텐데……."

그의 습한 음성이 아득하게 들렸으나 나는 무심코 아랫도리에 힘을 주어 그를 조였다.

앞으로 다시는 당신을 놓지 않겠다는 일념으로…….

그날 밤 우리는 밤새도록 서로를 놓지 않았다.

그 밤은 꿈과 같이, 하지만 명확한 현실로서 내 가슴을 채웠다.

다음 날, 눈을 뜬 나는 그의 얼굴을 보는 게 두려웠다.

"할리우드란 말은 그냥 나오는 대로 지껄인 거야. 아카리랑 한번 즐겨볼 요량으로 거짓말했어."

그렇게 말할까 봐 덜컥 겁이 났다.

그런데… 거짓말이 아니었다.

케이타는 진지했다.

"영어는 어떻게 공부해야 가장 빠르지?"

눈을 뜨자마자 내게 그렇게 물었던 것이다.

"알아볼게."

우리는 모닝키스를 나누었다.

앞으로 어떻게 될지 막막하기만 한데도 행복했고 가슴이 두근거렸다.

두 사람의 마음이 단단하다면 무엇이든 못할 것이 없다.

나와 케이타는 누가 먼저랄 것도 없이 진하디진한 딥키스를 나누었다.

17화
〈번외편 : 카즈키〉
힐링의 순간

카즈키를 처음 본 건 번화한 길거리에서였다.

신주쿠 카부키쵸 교차점에서 누군가를 기다리는 그의 모습이 내 눈을 사로잡았다.

그는 휴대전화를 열고 문자를 확인하고는 누군가에게 연락을 취했다.

뉘엇뉘엇 해가 진 번화가에서 저렇게 슈트를 쫙 빼입고 문자를 주고받는 남자는 대부분 호스트다.

그래서 카즈키를 처음 본 순간 그 역시 호스트려니 짐작했다.

하지만 그는 다른 호스트들과는 사뭇 다른 분위기를 풍겼다.

양복이 다소 밋밋해서 그냥 일반 샐러리맨 같기도 했다.

다이아몬드가 박힌 피어스가 빛을 발하고 팔목에서도 고급 시계가 화려한 자태를 뽐내는 걸 보면 그도 나름대로 호스트에 걸맞은 장식을 하고 있기는 했다.

그런데도… 무언가가 달라 보였다.

너무 무례하게 한참을 쳐다본다 싶었는지 이윽고 그가 얼굴을 들고 나를 바라보았다.

나와 그의 눈이 허공에서 마주쳤다.

그때의 그 기묘한 느낌을 지금도 선명히 기억한다.

카즈키는 별다른 표정을 짓지 않았다.

나 역시 무표정한 표정을 유지했다.

그래도…….

그와 무언가가 통했다는 느낌을 받았다.

그가 나의 내 머릿속을 훤히 들여다보고 있다는 생각도 들었다.

그러나 카즈키는 다시 휴대전화로 시선을 떨어뜨리고는 누군가에게 문자를 보냈다.

찰나의 순간이긴 했지만 나와 눈이 마주쳤다는 사실은 그에겐 아무런 의미를 갖지 못하는 듯했다.

와락 외로움이 밀려들었다. 큰맘 먹고 말을 걸어볼 생각에 그에게 한 발 다가갔다.

그 순간 화사한 레드컬러가 눈앞을 가로막았다.

새빨간 드레스를 화려하게 차려입은 여자가 그에게 달려가 안겼다.

"오래 기다렸지!"

라고 말하며…….

화류계 여자가 틀림없다고 나는 생각했다. 역시 호스트가 맞았어, 라고 중얼거리며 카즈키를 응시했다.

그는 여자를 마주 안으며 나를 흘끗 쳐다보았다.

그리고는 빙그레 웃었다. 뭐랄까, 아련한 그리움이 담긴 그런 미소였다.

카즈키를 사랑하게 된 건 아마도 그때가 아닐까.

자신에게 매달리는 여자와 함께 그는 카부키쵸로 향했다.

나는 터벅터벅 두 사람의 뒤를 따라갔다.

그날 난 카부키쵸가 아닌 신오오쿠보에 볼일이 있었다.

카부키쵸를 지나 신오오쿠보에 가서 점찍어놨던 가방을 살 예정이었다.

그러다가 카즈키를 발견한 것이다.

어쩐지 그대로 발길을 돌리기가 아쉬워서 나는 탐정이라도 된 듯 발소리를 죽여가며 그의 뒤를 밟았다.

카즈키와 여자의 모습이 한 건물 안으로 사라졌다.

두 사람은 새까만 빌딩 지하로 내려갔다.

나는 빌딩 앞에서 잠시 주저하다가 결심을 굳히고 지하로 내려갔다.

계단을 다 내려갈 즈음 육중한 은색 문이 시야를 가득 메웠다.

문에 새겨진 까만 글자도 눈에 띠었다.

『톱 프린스』

나도 익히 들어 아는 이름이다.

유명한 호스트 클럽.

문 옆에는 매상 랭킹이 한눈에 드러나는 호스트 톱10의 얼굴이 나란히 진열되어 있었다.

카즈키의 얼굴도 보였다.

그것도 맨 위, 넘버원 자리에.

'엄청 잘나가는 호스트였구나……'

언뜻 샐러리맨으로 보일 만큼 무난한 양복을 입었는데도 그렇게 눈에 띄었던 걸 보니 수긍이 갔다.

그런 걸 '오라'라고 하나 봐……

어쩐지 나와 전혀 다른 세상에 사는 사람처럼 느껴졌다. 이제 막 회사에 입사한 햇병아리 신입사원인 내 눈에, 그는 별세계에 사는 사람으로 보였다.

'아주 잠깐 눈이 마주쳤을 뿐인데 이렇게 꽁지에 불붙은 강아지마냥 안절부절못하다니……'

자괴감에 씁쓸한 미소를 띠며 방향을 돌렸다. 얼른 이곳을 벗어나 원래 목적지인 신오오쿠보로 뛰어갈 생각이었다.

그때 문이 벌컥 열렸다.

그리고 카즈키가 나왔다.

"어서 들어와요."

그가 내게 말했다.

마치 아까부터 나를 기다렸던 것처럼, 예전부터 나를 잘 알고 있는 사람처럼.

"여긴…… 호스트 클럽이잖아요. 난 돈 없는데……."

"처음엔 두 시간에 오천 엔만 내면 돼."

카즈키가 피식 웃었다. 그 정도면 못 낼 돈은 아니다. 나는 마음을 굳게 먹고 안으로 들어갔다.

"내가 따라오는 줄 어떻게 알았어요?"

내가 기억하는 한 그는 한 번도 뒤돌아보지 않았다.

"다 아는 수가 있지. 이대로 헤어지기 싫다고 얼굴에 쓰여 있었거든."

"대단하다……."

희한하게 눈가가 촉촉해졌다. 그에게 속마음을 들킨 것 같아 가슴이 아릿했다.

"나도 그냥 보낼 마음은 없었어."

카즈키는 내 손을 잡고 은색으로 반짝이는 화려한 세계로 이끌었다.

"이런 덴 처음이에요……."

"앞으로는 자주 오게 될걸."

그의 말을 듣고 보니 정말 그렇게 될 것 같은 예감이 들었다.

그날부터 난 카즈키의 손님이 되었다.

그런데 이상한 일이 하나 있었다.

카즈키는 아무리 시간이 지나도 내게 오천 엔 이상은 받지 않았다.

"두 번째 방문부터는 금액이 껑충 뛰는 거 아니었어?"

어느 날 걱정스레 물어보니,

'맞아' 라고 대답했다.

그리고서는 장난스런 미소를 지어 보였다.

"근데 금액을 올리면 미나호는 안 올 거잖아."

카즈키는 정말 모르는 게 없나 보다.

내가 그다지 풍족하지 않다는 것도, 그럼에도 불구하고 카즈키를 만나러 호스트 클럽을 출입하고 있다는 것도 이미 다 알고 있었다.

"나는 미나호가 계속 날 찾아와 주면 좋겠거든. 그래서 가격을 안 올리는 거야."

기뻤다.

특별대우를 받은 것 같아 기쁘기 그지없었다.

그래도 그는 호스트니까 다른 꿍꿍이가 있을지도 모른다.

솔직히 내심 그에 대한 의심을 거두지 않았다.

"저기……"

어느 날 밤, 나는 용기 내어 그에게 물어보았다.

"동 페리뇽 같은 거 하나 따줄까?"

"됐어."

그는 단칼에 거절했다.

"그런 건 할 만한 애가 하면 돼. 미나호, 괜히 허세 부리지 마."

"그래도 매상 올려야 하잖아."

"내가 이래 봬도 넘버원이라고. 미나호까지 발 벗고 나서지 않아도 능력 되니까 걱정 마."

카즈키는 나를 덤덤하게 응시했다. 그의 시선을 받는 것만으로도 가슴이 옥죄이며 몸에 열이 올랐다.

"그럼 내가 뭘 하면 돼? 정말 몰라서 묻는 거야."

"미나호는 나랑 뭘 어쩌고 싶은데? 동 페리뇽 마시고 싶어?"

"모르겠어……. 딱 꼬집어서 동 페리뇽을 마시고 싶은 건 아니야."

"그럼 나한테 뭔가 선물이라도 하고 싶어서 그래?"

"다른 손님들은 모두 카즈키한테 무언가를 선물하잖아."

"다른 애들은 신경 끊어. 미나호가 하고 싶은 것만 생각해."

그는 순식간에 내 가슴속을 파고들어 내가 안간힘을 쓰며 감춰두었던 진심을 세상 밖으로 끄집어냈다.

"실은……."

안타까운 마음에 가슴이 벅차오르며 나도 모르게 목소리가 떨렸다.

"실은… 카즈키랑 같이 있고 싶어. 그냥 그뿐이야……."

"흐음."

카즈키가 내 머리를 쓰다듬었다.

"잘했어. 진심을 말해줘서 기쁘다."

그 칭찬에 오히려 얼굴이 발갛게 달아 올랐다.

서둘러 볼을 감싸며 얼굴을 숨겼다.

"창피해……."

"나는 기쁘기만 한걸."

카즈키가 더 부끄러우라는 듯 부드럽게 미소 지었다.

"나도 미나호랑 같이 있고 싶어."

카즈키의 음성은 한없이 다정했다.

우선 영업시간이 끝나면 가볍게 밥이나 먹자는 약속을 하고 나는 먼저 가게를 나섰다.

시간이 되어 약속장소로 나온 그를 보고 나는 살짝 놀랐다.

그가 호스트의 상징과도 같은 화려한 슈트를 벗어던지고 청바지에 티셔츠 차림으로 나타난 것이다.

우리의 만남이 지극히 당연하다는 듯한 편안한 모습이었다.

"오래 기다렸어? 뭐 먹을까?"

그는 오랜 연인을 만난 것처럼 자연스럽게 물었다.

우리는 이십사 시간 영업을 하는 카페에서 가볍게 요기를 하고 가라오케로 향했다.

비좁은 이인실에 들어가 둘이 어깨를 나란히 하고 앉으니 얼굴이 화끈거렸다.

"꼭… 데이트 하는 것 같아."

"음? 데이트 맞는데?"

카즈키가 빙그레 웃으며 내 손을 꽉 쥐었다.

얼굴이 화끈해지면서도 궁금함을 참지 못했다.

"좀 궁금해, 난. 당신은 넘버원 호스트잖아. 그런데 왜 나처럼 평범한 사람이랑 데이트를 해주는 거야?"

"미나호가 그러길 바라니까."

카즈키의 대답은 간단했다. 그만큼 직설적으로 내 맘을 간단히 들었다 놨다.

"손님에겐 모두 이렇게 대해줘?"

불안함에 그렇게 물었다. 묻고 나서 곧바로 후회했다. 당연한 걸, 그는 호스트인데.

카즈키는 부드럽게 미소 짓더니 고개를 저었다.

"당연히 아니지."

카즈키의 얼굴이 서서히 다가왔다.

나는 두 눈을 질끈 감았다.

그의 입술이 내 입술에 닿았다.

세상에.

내가 넘버원 호스트랑 키스를 하고 있다니!

"왜……?"

목구멍까지 튀어나온 말을 간신히 다시 삼켰다. 촌스럽게 자꾸 그런 질문을 하고 싶지는 않았지만 궁금해서 견딜 수가 없었다.

카즈키, 혹시 날 좋아하는 거야……?

"이리 와……."

카즈키가 나를 향해 양팔을 벌렸다.

"안아줄게……."

"자꾸 왜 이러는지 모르겠어."

"미나호가 안기고 싶어 하니까."

나는 그의 무릎 위에 앉았다.

카즈키는 마치 의자가 된 것처럼 뒤에서 나를 단단히 받쳐주었다.

그는 그 자세 그대로 나를 안아주었다.

행복하면서도 가슴이 아파서 숨이 막혀왔다.

"행복해……."

"나도 행복해. 예쁜 아가씨를 이렇게 안으니까. 내 맘대로 막 만질 수도 있고."

웃음기 어린 말로 응수하며 그는 큰 손으로 내 가슴을 조물조물 주물렀다.

"앗……."

그의 손길이 조금도 싫지 않았다.

싫기는커녕 아랫도리에 찌릿찌릿 달콤한 통증이 느껴졌다.

"미나호 가슴이 아주 보들보들해……."

가슴을 만지는 그의 손길에 리듬이 실렸다. 리듬에 따라 가슴 모양이 변했다.

"카즈키, 창피해……. 이런 데서 이러면 어떡해……."

"그럼 어디면 되겠어?"

카즈키가 가라앉은 목소리로 물었다.

"그건… 나도 모르지……."

그의 손가락이 젖살을 파고들었다.

"미나호는 민감하게 굴어서 참 귀엽단 말이야……."

카즈키의 손가락이 이제는 치마 속으로 들어왔다.

"…하앗……."

나도 모르게 허리가 움찔거렸다.

"나한테 왜 이러는 거야, 카즈키. 카즈키에게 거액을 뿌리

는 사람은 얼마든지 있잖아."

"돈 같은 건 관심 없어."

팬티를 더듬던 그의 손가락이 수줍게 숨어 있던 돌기를 찾아 빙글빙글 돌리기 시작했다.

"나는 미나호랑 이러고 싶을 뿐이야. 그냥 그뿐이라고."

"창피해서 죽을 거 같아. 이러지 마, 카즈키……."

"원한다고 얼굴에 쓰여 있는데……?"

카즈키의 손가락이 더욱 기민하게 움직였다.

팬티 위를 가볍게 문지르는가 싶더니 잔뜩 예민해진 돌기를 톡톡 건드렸다.

"하앗… 기분이…… 이상해……."

그가 팬티 바깥에서 자그마한 콩을 지분거리자 허리가 슬금슬금 요동쳤다.

"허리가 반응하는 것 같은데?"

"그건……."

허리를 움직이지 않으면 감정을 억누르지 못해 신음소리를 내고 말 것만 같았다.

"미나호, 기분 좋아?"

"기분은 좋은데… 정말 너무 창피해……."

"뭐가 창피해?"

"누가 들어오기라도 하면 어떻게 해?"

"그냥 모른 척하면 돼. 어차피 내 손은 치마에 가려 보이지도 않는걸."

대수롭지 않게 대꾸하며 카즈키는 도톰하게 부풀어 오른

돌기를 더욱 교묘하게 희롱했다.

"아… 항… 안 돼, 여기서는 더 이상……."

머리가 어질어질했다. 이런 데서 정신을 놓을 수는 없었다.

"여기가 안 되면 어디면 좋겠어?"

그가 천연덕스럽게 물었다.

"카즈키랑…… 호텔에 가고 싶어……."

"이제야 그 말을 하는군."

그가 기쁨을 감추지 못하며 돌기에 더욱 자극을 주었다.

"흡…… 으읍……!"

간드러진 신음 소리가 새어나왔다. 영혼이 저 먼 곳으로 날아가는 듯했다.

"순 자기 마음대로야……."

"그런가? 미즈호도 나랑 하고 싶은 거 아니야?"

가라오케에서 나오면서 카즈키는 나를 끌어안으며 가볍게 키스했다.

이제부터 벌어질 일을 상상하는 것만으로도 뜨끈한 액체가 흘러나오는 게 느껴졌다.

"카즈키는 손님이랑 자주 호텔에 가?"

"아니, 그런 적 한 번도 없어."

"거짓말……."

"나는 진심으로 하고 싶은 여자랑만 해."

카즈키는 그렇게 말하며 내 몸을 잡아당겨 품에 안았다.

그는 나를 호텔로 데려갔다.

카부키쵸 언저리에 위치한 러브호텔에 갈 줄 알았는데 그게 아니었다.

"가게 근처에 갔다가 누가 보기라도 하면 귀찮아지거든."

그는 나를 이끌고 니시신주쿠로 향했다.

니시신주쿠에 우뚝 솟은 호텔의 이십오 층이 나와 카즈키가 들어간 방이었다. 방 한가운데 보란 듯이 놓여 있는 킹사이즈 침대를 보니 가슴이 덜컹 내려앉았다.

"카즈키랑 이런 델 오게 될 줄은 몰랐는데……."

가슴이 어찌나 심하게 요동치는지 현기증이 날 정도였다.

"그래도 오고 싶었지?"

그는 나직하게 말하며 뒤에서 나를 안았다. 그러고 보니 커튼이 젖혀 있어 바깥이 한눈에 보였다. 신주쿠의 고층 빌딩들이 황홀한 야경을 연출하는 광경을 보니 감동이 밀려왔다.

카즈키는 커튼을 더 밀어젖히고 내 얼굴에 키스를 퍼부었다.

"으읍……!"

반사적으로 눈을 감고 그의 키스를 받아들였다.

그의 혀가 입안으로 들어와 내 혀를 휘감았다.

할짝할짝, 하는 소리가 머릿속으로 바로 전해졌다.

"하아……."

카즈키의 농밀한 키스가 이어졌다.

내 혀를 모조리 집어삼킬 것처럼 마음껏 빨아들이며 혀로 내 혀와 치아를 샅샅이 핥았다.

"음… 흐음……."

키스만으로도 사람을 이렇게 녹여 버리다니…….

"자, 이리 와 앉아."

그가 내 손을 잡아 창가로 이끌었다.

그리고 나를 창가에 앉히더니 재빨리 팬티를 벗겨냈다.

"아… 이런 데서 팬티를 벗기면 어떡해……?"

"내가 핥아주기를 미나호가 바라는 것 같으니까."

카즈키의 거침없는 대답에 흠칫했다. 그의 말대로 나는 호텔에 들어선 순간부터 그의 입과, 혀와, 손길을 기다리며 남몰래 설레고 있었다.

하지만 이렇게 높은 곳에서 커튼을 활짝 젖히고……?

"이렇게 작고 어두운 방에서는 무슨 짓을 해도 안 보여. 게다가 맞은편 빌딩엔 아무도 없는 것 같은데?"

그는 걱정을 덜어주며 내 무릎을 살짝 벌렸다.

그리고는 스커트자락을 슬금슬금 위로 올려 허벅지를 드러냈다.

"야경을 즐기며 미나호를 밤새도록 사랑할 예정인데, 어때?"

카즈키는 차분히 가라앉은 목소리로 내 다리와 다리 사이에 얼굴을 묻었다.

"앗……!"

따사로운 그의 혀가 위험한 곳 근처를 배회했다.

"카즈키… 샤워하고 오면 안 될까……?"

간절히 부탁해 보지만, '안 돼' 하고 단칼에 거절당하고 말았다.

허벅지를 따라 올라가던 카즈키의 혀가 마침내 깊숙한 곳에 도달했다.

"하아… 차, 창피해서 죽을 것 같아……."

추릅, 하고 그의 혀가 나의 도톰한 꽃잎을 살짝 빨아당겼다.

"흐읍… 카즈키……!"

눈물이 나올 것만 같았다.

나는 어쩌면 이 순간을 수없이 꿈꿔왔던 건지도 모른다.

카즈키의 혀는 놀랍도록 섬세했다.

조금이라도 내가 반응을 보이면 그곳에 잠시 머무르며 달콤한 아이스크림을 핥아먹듯 혀를 놀렸다.

"하아…… 좋아……."

유리창에 등을 기대며 나는 한껏 다리를 벌렸다.

지금은 이 쾌락에 몸을 맡기고 싶었다.

"미나호… 뒤돌아봐……."

카즈키의 속삭임에 나는 창밖으로 고개를 돌렸다.

빌딩의 창문들이 반짝반짝 빛을 발하며 허공에 보석을 흩뿌려놓은 것 같은 분위기를 자아냈다.

"정말 아름다워……."

마치 내 몸이 허공으로 둥실둥실 떠올라 야경 속으로 녹아드는 듯한 기분이었다.

"카즈키……."

나는 그의 혀를 느끼며 그의 이름을 불렀다.

오래도록 이 순간을 기다려 왔다.

이렇게 사랑받고 싶었다.

뾰족한 화살 같은 카즈키의 혀가 비밀의 입구를 열고 들어왔다.

작은 뱀이 혀를 날름거리며 뭉근하게 똬리를 풀고 들어오는 것 같았다.

그 안에서 카즈키의 혀가 질펀한 유희를 시작했다.

"하앗… 아아앗……."

찬란히 빛나는 야경에 휩싸여 나는 어느 틈에 다리를 최대한 활짝 벌리고 있었다.

"카즈키… 너무 행복해……."

"더 행복하게 해줄게."

그가 몸을 일으켜 내 입에 잔뜩 성이 난 물건을 찔러 넣었다.

어느 날 우연히 알게 된 호스트 카즈키.

그에 대해 아는 거라곤 그가 호스트라는 것 외에 낮에는 건실한 샐러리맨으로 일하고 있다는 사실 정도일까.

그거 말고는 그에 대해 아는 것이 없다. 심지어 성조차.

그런데도 어째서 나는 그의 모든 것을 이처럼 아무 저항 없이 받아들이는 걸까.

카즈키의 일부가 내 입을 지나 목구멍 끝에 다다랐다.

"흐읍……!"

괴로우면서도 환희에 찬 교성이 그 틈으로 새어 나왔다.

"섹시한 소리……."

그가 자신의 몸을 빼고 내 비밀스러운 부분을 만지작거리며 말했다.

"샘물이 가득 찼는걸."

"아앗, 보지 마."

부끄러워서 기절할 것만 같았다.

눈을 꽉 감아버리자 입안으로 다시 뜨끈뜨끈한 물체가 들어왔다.

카즈키의 일부였다.

그는 바지를 내리고 우뚝 솟은 그것을 내 입에 넣었다.

"자, 다시……."

"으음……."

그것은 매우 커서 내 입안을 가득 메워버렸다.

"음……."

그것을 입으로 한껏 베어물자 그는 사랑스럽다는 듯 내 머리를 가볍게 쓰다듬었다.

그의 온화한 손길에 보답하기 위해 나는 최선을 다해 그를 빨아들였다.

"잘하네……."

카즈키가 속삭이는 소리가 들렸다. 그의 손이 조금씩 아래로 내려와 내 가슴을 손에 담았다.

"아… 아앗……!"

내 몸이 점점 앞으로 쏠리자 그는 열기를 뿜어내는 물체를 쑥 빼냈다.

"이제… 남은 옷도 벗어버리자."

스커트도 블라우스도 브래지어도, 하나도 남김없이 카즈

키의 손에 의해 바닥에 떨어졌다.

"커튼도 안 치고, 이러다가 누가 보면 어떡해."

"보면 어때."

우리는 실오라기 하나 걸치지 않은 모습으로 창문 바로 앞에서 열렬히 끌어안았다.

영화의 한 장면 같아 가슴이 두방망이질 쳤다.

"카즈키와 이렇게 될 운명이었던 거 같아."

그와 이 자리에 있는 것이 한없이 자연스럽게 느껴졌다.

"그래……. 아마 운명이었을 거야."

카부키쵸 교차로에서 그를 보고 걸음을 멈추었던 그 순간, 운명의 수레바퀴가 돌아가기 시작했던 건지도 모른다.

가슴이 뜨거워졌다.

카즈키가 내 몸을 유리창으로 밀었다.

"앗…… 싫어."

"사람들한테 보여줄 거야."

짓궂게 말하며 뒤에서 나를 안았다.

엉덩이에 바위처럼 딱딱해진 무언가가 닿았다.

양쪽 가슴을 쉴 새 없이 만지는 그의 품 안에서 벗어나기 위해 나는 있는 힘껏 저항했다.

그러나 카즈키는 꿈쩍도 하지 않았다.

"지금 미나호의 모습을 고스란히 보여줄 거야."

그의 손가락이 내 머리카락을 움켜쥐었다.

"앗…… 아핫……."

구름 위를 걷는 것 같은 황홀한 기분에 부끄러운 감정이

얽혔다.

엉덩이가 미세하게 떨렸다.

"이대로 넣어버릴까?"

카즈키의 갈증 난 듯한 물음에 허리가 파르르 경련을 일으켰다.

"안 돼…… 그러지 마."

"조금만, 아주 조금이면 돼……."

엉덩이를 잡아당긴 카즈키는 그 중심부에 딱딱해진 물건을 대고 살살 문질렀다.

그 주위에서 잠시 길을 잃고 헤매는 듯하던 그것이 이내 미끄러지듯 제 길을 찾아 들어왔다.

"하앗… 카즈키……."

유리창을 짚은 양쪽 손에 힘이 잔뜩 들어갔다.

"완전히 젖었잖아."

뜨거운 김을 내쉬며 그는 천천히 반복 운동을 시작했다.

"하아앗……."

선 채로 그에게 안기느라 나는 몸을 지탱하기 위해 양손으로 유리창 난간을 짚고 상체를 구부렸다.

"미즈호… 일어서……."

카즈키는 내 몸을 일으켰다. 그리고 하나로 이어진 채 침대로 향했다.

"더 깊이 들어가 볼게."

눈이 부시도록 하얀 시트 위에서 카즈키와 나는 하나로 녹아 들어갔다.

우리는 누가 먼저랄 것도 없이 서로의 손을 잡아 쥐었다.

"하나가 돼서… 기뻐……."

내 눈동자에서 눈물 한 방울이 또르르 흘러내렸다.

카즈키는 온후하게, 그리고 깊게 내 안을 자극했다.

"아앗… 세상에……."

쾌감이 서서히 내 몸을 지배해 나갔다.

달짝지근한 경련이 중심부에서 바깥으로 퍼져 나갔고, 그가 밀고 들어올 때마다 아기고양이처럼 애처로운 신음이 새어 나왔다.

어째서 넘버원이나 되는 호스트가 나를 이토록 사랑해 주는지 모르겠다.

정말 이해가 가지 않는다.

내가 아는 건 그와 사랑을 나누는 것이 너무나 자연스럽고 행복하다는 것뿐…….

"카즈키……."

현란한 도심의 조명 속에서 침대 위에 누운 두 사람의 나신이 하얗게 빛났다.

"우주로 떠오르는 것 같아……."

나는 그에게 매달리며 그렇게 속삭였다.

"그럼 우주인들한테 우리가 사랑을 나누는 모습을 실컷 보여줄까."

그는 내 다리를 양쪽으로 더 크게 벌렸다.

"더 잘 보이게 몸에서 긴장을 풀어."

"앗… 싫어……!"

나는 새된 소리를 지르며 절정을 맞이했다.

절정의 언덕을 넘은 후에도 그는 움직임을 멈추지 않았다.

"하앗, 카즈키… 또 갈 것 같아……!"

몇 번이나 소리를 지르는 내 주변을 영롱한 빛이 휘감았다.

나는 카즈키의 품 안에서 행복한 한숨을 내쉬며 눈을 감았다.

"카즈키는 좀 이상해……. 처음 만났을 때부터 무척 익숙한 느낌이 들었어."

그래. 카부키초 교차로에서 그를 보았을 때부터 줄곧 그랬다. 그에게선 언제나 그리움의 냄새가 났다.

"그건……."

그가 살짝 얼굴을 찌푸리며 말했다.

"내가 미나호의 전 남자친구를 닮아서가 아닐까?"

"그게 무슨……?"

화들짝 놀라 그의 말을 부정하려던 나는 결국 그러지 못했다.

"아……!"

카즈키의 말을 듣자마자, 눈앞에 파노라마처럼 지난 과거가 스치고 지나갔다.

생각났다.

그것은 바로 일 년 전 내 기억의 일부였다.

나와 함께했던 남자친구. 내 모든 것을 던져 사랑했던 그 사람.

"맞아……. 카즈키 말대로 내 전 남자친구는 당신이랑 많이 닮았어."

"그럴 줄 알았지. 나를 보는 당신 얼굴이 그리움에 사무쳐 보였거든"

"대단하네. 눈치가 엄청난걸."

아마도 그랬을 것이다. 예전 남자친구와 카즈키는 정말로 많이 닮았으니까.

"생각났어……."

이렇게나 가슴 아픈 기억을 그간 어떻게 잊고 살았을까.

카즈키는 그를 많이 닮았다.

전 남자친구와 아주 많이.

그래서 아무런 거부감 없이 여기까지 온 것이다.

그랬다…….

나는 카즈키를 꼭 닮은 남자와 깊이 사귀었었다.

그런데 결국 헤어질 수밖에 없었다.

그에겐 다른 여자가 있었다. 게다가 임신까지 한 상태였다.

그녀가 그의 아이를 임신한 것이다.

얼마나 가슴이 아팠는지 모른다. 세상이 무너지는 느낌을 그때 처음 경험했다.

어떻게든 그를 잊고 싶은 마음에 그에 대한 모든 걸 기억 저편에 묻고 봉인해 버렸다.

그러나 그 기억이 나도 모르게 봉인을 뚫고 나와 나를 온통 지배하고 있었던 것이다.

전국 방방곡곡을 여행하고 밤이 되면 사랑을 속삭였던 나날들.

즐겁고 행복한 날들이 그렇게 허무하게 끝나 버릴 줄은 몰랐다.

"정말 사랑했는데……."

나는 카즈키의 품 안에서 솔직하게 말했다.

"알아, 고마워."

카즈키가 그렇게 말하며 나를 안아주었다.

마치 옛 남자친구가 그랬던 것처럼.

"미나호가 내게서 누군가의 흔적을 찾는다는 기분이 들었어. 그러니 그냥 둘 수가 있어야지."

그는 내 등을 토닥토닥 두드렸다.

"지나간 괴로운 추억은 모두 흘려 버려. 그리고 새로운 모습으로 부활하는 거지. 어때?"

"…응……."

그동안 얼마나 울었는지 모른다…….

서러운 눈물을 터뜨리며 나는 카즈키의 맨 가슴에 얼굴을 묻었다.

그리고…….

눈을 떴을 때 카즈키는 이미 떠나고 없었다.

탁자 위에 메모지 한 장이 놓여 있었다.

『안녕. 미나호는 이제 잘 살 수 있을 거야. 슬픈 기억을 내가 모두 날려 버렸거든.』

눈물 탓에 글씨가 흐릿하게 보였다.

『나 먼저 갈게.
내 역할은 이제 끝났거든.
앞으로는 자신을 더욱 가꿔서 멋진 여자가 되도록 해.

                    늘 미나호가 행복하기를 빌게.
                              카즈키』

                *   *   *

그 후 나는 호스트 클럽에 발길을 끊었다.
때때로 카즈키의 얼굴이 떠오르곤 했지만 실은 호스트클럽은 꿈도 못 꿀 정도로 바빴다.
얼마 전 꽃꽂이 공부를 시작했다. 전부터 동경하던 세계라 이참에 도전해 보기로 한 것이다.
지금은 꽃 공부를 하느라 눈코 뜰 새 없이 바쁘다.
그래도 좋아하는 공부를 하다 보니 하루하루가 충실하다.
그리고 언젠가 자리를 잡으면, 꿈이 이루어지면……
카즈키를 위해 꽃다발을 만들고 가게로 찾아갈 계획이다.
그는 틀림없이 매우 기뻐해 줄 것이다.
"이거 미나호가 만든 거야? 근사한걸."

그렇게 칭찬해 줄 거라 믿어 의심치 않는다.

그리고 그때 비로소 나와 카즈키 두 사람의 관계가 온전히 시작되기를… 기대해 본다.

18화
〈번외편 : 케이타〉
금단의 시작

케이타를 처음 만난 그때가
지금도 선명히 기억난다.

*   *   *

다른 회사에서 연예 기획사로 이직한 나는 난생처음 매니
저 업무를 담당하게 되었다.

무슨 큰 뜻이 있어 연예 기획사로 이직한 건 아니었다.

그저 내 인생은 평범하기 짝이 없지만 일적으로나마 화려
한 세상을 맛보고 싶었던 것이다.

화려한 무대 위에서 마음껏 도약하는 연예인들을 뒤에서
지원하는 일을 한 번쯤은 꼭 해보고 싶었다.

그런데 햇병아리 매니저인 내게 무려 연예인이 열 명이나 배당되었다.

난데없이 열 명이나?! 처음엔 뜨악했지만 그다지 바쁘지 않은 애들이니 걱정 말라기에 놀란 마음을 추슬렀다.

그중 한 사람이 케이타였다.

케이타에 대해서 아는 거라고는 이름뿐이었다.

몇 년 전 유명한 꽃미남 콘테스트에서 수상했다는 사실은 기억하고 있다.

아무튼 케이타의 활약은 미미했다.

워낙에 비주얼이 좋아 영화 쪽이나 드라마 쪽에서 주인공 역할을 제의하는 등, 출발은 제법 괜찮았다고 한다.

연기는 시원찮았지만 크고 초롱초롱한 눈동자가 시청자들의 눈을 사로잡았다.

그러던 어느 날 같은 드라마에 출연했던 아이돌 그룹의 멤버와 데이트하는 장면이 포착돼 주간지의 일면을 장식했다.

평범한 데이트 장면이 아니었다. 도로에서 서로 끌어안고 키스하는 장면을 찍히고 만 것이다.

하필이면 십대 소녀를 데리고 바에서 술에 흡연까지 하는 바람에 문제는 일파만파로 퍼져 나갔다.

아이돌 그룹의 여자 소속사에서는 케이타를 향해 분노의 화살을 날렸다.

두 번 다시 우리 애들한테 집적거리면 이 바닥에서 매장시켜 버리겠다! 라는 협박성 발언에 당시 매니저는 손이 발이 되도록 빌었다고 한다.

그 일련의 소동으로 케이타의 팬이 대다수 떨어져 나간 건 말할 것도 없었다.

그에겐 더 이상 일다운 일이 들어오지 않았다.

오디션에 도전해도 여자 쪽 소속사에서 '우리 배우한테 집적거리면 곤란해서' 하고 경계의 눈초리를 던지는 바람에 번번이 고배를 마셨다.

회사에서도 그를 골칫덩어리로 취급했다.

여자들을 단번에 사로잡아 버리는 특이한 매력은 아쉽게도 점점 효과가 떨어지고 있었다.

이십대도 중반을 넘긴 케이타에겐 무엇보다 대표작이 절실했다.

그러나 문제는 일이 들어오지 않는다는 것이었다.

전성기 한 번 맞아보지 못하고 꺾어지는 신세가 될 판이었다.

"십대에 술 한 번 안 마셔본 사람이 얼마나 된다고. 하필이면 그게 찍혀가지고. 재수가 없었던 거지, 내가."

"그런 말 마."

나는 엄격하게 말했다.

"법으로 금지하는 일은 군말 없이 따르는 게 이 바닥의 룰이야."

세상 사람들은 위법행위를 저지르는 연예인에게 특히 엄격한 잣대를 들이댄다. 사소한 일이라도 인터넷을 통해 크게 부풀려지곤 한다.

따라서 담당 연예인을 빈틈없이 단속하라는 엄명이 회사

로부터 허구한 날 날아들었다.

그런데도 케이타는 언제나 자신의 욕구를 우선하는 성격이라 나도 이만저만 골치 아픈 게 아니었다.

규칙에 그다지 얽매이지 않는 케이타 같은 캐릭터는 예전부터 있어왔다. 마약에 손을 대거나 불륜을 저지르거나, 케이타처럼 미성년자와 연애사건을 터뜨리거나.

자기만의 독특한 개성을 지닌 배우라면 반사회적인 사건을 일으켜도 그럭저럭 재기할 기회가 있지만, 케이타처럼 아직 무명일 때 그렇게 반항적인 태도를 보이면 길 잃은 강아지 신세를 면치 못한다.

"그렇게 건방 떨고 싶으면 뜨고 나서 해."

나는 틈만 나면 그에게 충고했다.

그 당시만 해도 케이타는 내게 있어 말 안 듣는 사고뭉치에 불과했다.

그에 대한 인식이 바뀌게 된 건 어느 영화 오디션을 보기로 한 날이었다.

해변에 위치한 레스토랑에서 오디션을 보기로 했는데, 제작사 측의 요청에 따라 영화 촬영 장소에서 오디션이 열린 것이다.

카메라 테스트도 함께 진행한다는 소식을 전해들은 터라 나는 케이타에게 단단히 준비하고 오라고 미리 엄포를 놓았다.

그날 케이타는 오디션장에 나타나지 않았다.

"케이타! 지금 뭐하는 거야! 오디션 보러 안 올 거야?!"

그가 전화를 받자마자 나는 다짜고짜 소리를 질렀다.

지금까지 아무리 반항적인 태도를 보였어도 그는 단 한 번도 지각을 한 적은 없었다. 적어도 그 정도 믿음은 있었다.

그는 다 죽어가는 소리로 더듬더듬 말했다.

『죄, 죄송해요⋯⋯. 오디션장까지 갈⋯ 차, 차비가 없어서⋯⋯.』

"뭐야?!"

기가 막혔다. 도시에서 제법 떨어진 곳이라 교통비가 조금 들기는 하겠지만⋯⋯.

아무리 그래도 그 돈이 없어서 오디션장에 나타나지 않다니.

회사에서는 웬만큼 비용이 드는 거리가 아니면 일일이 교통비를 제공해 주지 않는다.

케이타는 그때 그 교통비조차 마련하지 못할 형편이었다.

거의 일이 없었으므로 그의 통장 잔고는 텅 비어 있었다.

나는 서둘러 그의 집으로 날아갔다.

집에 가보니 그는 소파 위에 기운 없이 누워 있었다.

"정말 잘못했어⋯⋯."

사안이 사안인지라 그는 전에 없이 고분고분했다.

"알바⋯ 안 해?"

"안 해."

케이타가 고개를 휙 돌리며 뚱하게 대꾸했다.

"알바 같은 거 하기 싫어."

"아니, 왜? 다른 배우들은 생활고에 시달리지 않으려고 이런저런 알바도 하고 그러던데."

"난 하기 싫어. 돈은 연예계 일로 벌고 싶어."

고집스런 얼굴을 보고 있자니, 답답하면서도 가슴 한구석이 찡해져 왔다.

"밥은 제대로 먹고 있는 거야?"

"쳇, 이 꼴을 보고도 그런 말이 나와? 차비도 없는 신세구만."

주방을 슬쩍 살펴보니 빈 컵라면 그릇 몇 개가 쌓여 있었다.

"피부 나빠져. 채소도 섭취해야지."

"채소는… 비싸잖아."

매가리 없이 대답하는 그를 가만 살펴보니 그간 꽤 야윈 듯했다.

그는 커다란 눈망울로 무언가를 갈구하듯 나를 가만히 응시했다.

내가 그에게 하염없이 빠져들었던 건 아마도 그때부터였던 것 같다.

퍼뜩 정신을 차린 나는 마트로 달려가 재료를 사다가 그에게 채소가 듬뿍 들어간 파스타를 만들어주었다. 물론 지갑을 탈탈 털어서.

매니저로서 영양실조 직전에 놓인 그를 그대로 방치할 수는 없었다.

케이타는 게 눈 감추듯 순식간에 접시를 비워냈다.

"앞으로 난… 어떻게 될까."

그는 매니저인 내게 도움을 바라는 눈으로 물었다.

"어떻게 되긴. 좋은 일을 찾아서 열심히 해야지."

"알바는 뛰기 싫어. 나는 요령이 없어서 일단 알바를 시작하면 그 일에만 매달릴 게 뻔하거든. 캐릭터 만드는 데 필요한 일이면 생각해 보겠지만."

일 하나 없는 케이타가 캐릭터로 고심할 일은 없었다.

"그래도 돈이 필요하면 일을 해야지."

케이타가 강아지 같은 눈으로 나를 힐끗 쳐다보았다.

"매니저 누님이 날 키워볼 생각은 없어?"

"무슨 소리야……?"

"그러니까 나를 돌봐주면 안 되냐고."

어이가 없어서 말이 안 나왔다.

"무슨 얼토당토않은 소리를. 나는 매니저야. 그럴 여유가 어디 있어."

"식사랑 차비만 있으면 되는데. 그럼 나도 한동안 연예계에서 버틸 수 있지 않나?"

케이타는 진심이었다.

"매일 와달라는 건 아니야. 그냥 우리 집에 올 때에만 먹을 걸 해주면 안 될까?"

"그, 그쯤이면……."

"잘됐다! 그럼 차비도 주는 거야?"

"……."

그리 대단한 액수가 아닌 전철비나 버스비에도 곤란을 겪을 만큼 케이타는 가난했다.

예쁘장한 남자가 지지리 궁상을 떠는 꼴을 보니 나도 모르게 동정심이 생겼던 것 같다.

"그 정도는 해줄게. 그래도 회사에는 비밀이다."

"얏호!"

케이타는 벌떡 일어나 나를 와락 끌어안았다.

"뭐하는 짓이야!"

"뭐하는 짓이냐니, 나름대로 사례를 하려는 건데."

내가 번쩍 얼굴을 들자 그가 잽싸게 자신의 얼굴을 불쑥 들이댔다.

그의 입술이 내 입술에 내려앉았다.

거침없는 그의 행동에 나는 당황했다.

"이러지 마. 나는 네 매니저야."

"날 돌봐줄 거잖아. 그러니까 당신은 이제 내 연인이야."

"오버하지 마. 식사 조금 차비 조금 주는 게 고작이야."

"그것만으로도 난 기뻐. 나를 보살펴 주는 사람은 당신뿐인걸."

사랑스러운 목소리로 케이타는 내게 매달렸다. 앞으로 절대 떨어지지 않겠다는 듯.

"연인이라는 말은 절대 하지 마."

"그럼 애인이라고 할까?"

케이타는 내 등을 쓰다듬었다.

"난 좋아. 아카리랑 사귀는 거 대찬성."

그가 내 이름을 부른 건 처음이었다.

조금 예상치 못했던 행동이라 가슴이 살짝 뛰었다.

"매니저와 소속 배우가 사귀는 건 금지야."

그를 밀어내며 나는 냉정하게 말했다.

"안 들키면 되지."

그러나 그는 더욱 찰싹 내 몸에 들러붙었다.

그에게는 자신만의 규칙이 있을 뿐 회사나 사회의 규칙 따위 조금도 개의치 않았다.

"그런 개념으로 사니까 스캔들이 끊이지를 않는 거야. 정신 바싹 차리라고 지내라고 백 번은 말했겠다!"

"정신 바싹 차리고 살고 있는데?"

케이타의 얼굴이 삽시간에 진지해졌다.

"그때 일은 반성하고 있어. 여자랑 노닥거리지도 않아. 여자가 있으면 이렇고 불쌍하게 살지도 않지."

그렇게 말하며 내 몸을 꼭 끌어안았다.

"그래도 난 신체 건강한 남자니까 여자를 안고 싶기는 해."

내 등을 쓸어내리던 그의 손이 슬슬 아래로 향하더니 내 엉덩이를 꽈악 움켜쥐었다.

"케이타⋯⋯!"

"매니저랑 사귀면 아무도 의심하지 않을 거야. 한밤중에 이렇게 단둘이 있어도 일한다고 하면 만사 오케이잖아?"

그의 손이 내 엉덩이를 세게 조였다가 풀었다.

"안 돼⋯⋯ 회사에서 알면⋯⋯."

"안 들키면 된다니까."

케이타가 옷 위로 가슴을 잡아 쥐었다.

"아카리, 나랑 사귀자."

"음……."

대답할 말이 없다.

"아카리도 나랑 하고 싶지?"

"아니……. 그런 생각은 해본 적도 없어. 케이타는 우리 회사 소속 배우잖아."

"성실하기는."

케이타는 히죽 웃었다.

"서로 마음에 들고 서로에 대해 알고 싶다는 생각이 들면 그걸로 충분한 거 아니야? 우리 둘 다 성인이잖아."

그는 그렇게 말하며 내 입술을 욕심껏 빨아들였다.

그는 키스의 달인 같았다. 내 입술 윤곽을 가만히 따라가는가 싶더니 미꾸라지처럼 혀를 내 입안에 밀어 넣었다.

"읍…… 흐읍……!"

그래서는 안 된다는 건 잘 알고 있었다. 그런데도 차마 그를 뿌리치지 못했다.

"지금 나한텐… 아카리밖에 없어……."

그런 말까지 듣고 보니 더욱 밀어내기가 어려워졌다.

달고 단 키스로 힘이 빠져나갔다. 소파 위로 쓰러져 옷이 하나하나 벗겨지는데도 조금도 저항하지 못했다.

우리는 곧 알몸이 되었다.

"살결이 촉촉해서 기분 좋아."

케이타는 내 몸을 끌어안으며 속삭였다.

"부끄럽게 왜 이래……."

얼마 전까지만 해도 회사에서 얼굴을 맞대고 일 얘기를 하던 그에게 나의 모든 걸 보여주자니 민망스럽기 짝이 없었다.

케이타가 그곳에 손가락을 댔을 때에는 이미 샘에서 말간 액체가 흐르고 있었다.

"느끼고 있구나."

"하읏……."

케이타가 그곳으로 헤집고 들어왔을 때에는 이미 제정신이 아니었다.

일하느라 눈썹이 휘날리도록 뛰어다니던 때라 마침 사귀는 사람도 없었다.

그래서 남자를 받아들인 건 참으로 오랜만이었다.

케이타는 아주 단단하고 강했다.

나는 수없이 한숨을 쏟아내며 케이타의 감촉을 한껏 맛보았다.

"따끈하다."

케이타는 아찔한 표정을 지으며 내 안에서 조금씩 움직이기 시작했다.

"아윽……!"

케이타의 몸은 훌륭했다.

가슴에도, 목덜미에도, 일견 섬세해 보이는 인상으로 봤을 때는 상상하기 어려울 만큼 자잘한 근육들이 아름답게 자리를 잡고 있었다. 최근 들어 나름대로 근육 트레이닝을 하고 있었던가 보다.

그런 그가 거칠게 내 몸을 뚫고 들어왔다.

극한의 쾌감에 나는 눈을 감고 날카로운 소리를 질렀다.

"……좋아? 나도 좋아……."

케이타의 땀이 내 가슴골에 떨어졌다.

"여자를 안는 게 얼마 만인지 몰라……."

그는 환희에 찬 얼굴로 거듭 내 몸을 오갔다.

그럴 때마다 나는 그에게 빠져 머릿속이 새하얗게 변했다.

"……어땠어?"

정신을 차리고 보니 케이타가 여전히 벌거벗은 채 내 옆에 가만히 누워 있었다.

사랑스럽고 커다란 눈으로 나를 말끄러미 쳐다보며.

"정신이 쏙 빠질 만큼 좋았던가 봐?"

"그만해……. 창피하니까."

부끄러워서 고개를 휙 돌리자 그는 내 얼굴을 자기 쪽으로 돌리고 입을 맞추었다.

"나도 최고였어. 아무래도 우린 궁합이 썩 잘 맞는 거 같은데?"

내 생각도 같았다.

그날부터 난 케이타의 연인이 되었다.

그러나 말이 연인이지 일반적인 의미와는 크나큰 차이가 있었다.

정기적으로 그의 집에 찾아가 식사를 챙겨주고 그가 오디션을 보면 교통비를 부담해 주는, 일종의 동업관계에 가까웠다.

케이타의 고집으로 시작된 사이였는데도 그날 이후 내 머릿속엔 온통 그에 대한 생각뿐이었다.

그는 알면 알수록 매력적인 사람이었다.

그리고 어느 날 그에게 모처럼 일이 들어왔다.

그것은 햇병아리 매니저인 내가 그의 매력에 빠져 비밀연애를 시작한 지 삼 개월이 지났을 무렵이었다.

케이타에게 좋은 기회가 굴러들어온 것이다.

올해 열리는 꽃미남 콘테스트에서 입상자에게 트로피를 수여하는 역할이었다. 마침 몇 년 전 그 콘테스트를 통해 연예계에 입문한 케이타에게는 더할 나위 없이 좋은 기회였다.

사실 내정자는 따로 있었다. 케이타와 마찬가지로 그 콘테스트에서 그랑프리를 거머쥐고 연예계에 데뷔해, 현재 두각을 나타내고 있는 같은 소속사 배우 오오즈카 신타로가 그 역할을 맡기로 되어 있었다.

그런데 공교롭게도 그날 영화 로케가 있어 스케줄을 비울 수가 없다는 것이다.

그래서 같은 소속사 배우인 케이타에게 차례가 넘어오게 되었다.

"여자 관객들이 워낙 많은 대회니까 이 기회를 놓치면 안 돼."

오랜만에 일이 들어와 기합이 잔뜩 들어간 케이타는 집에서도 짬짬이 근육 운동을 하며 열정을 불태웠다.

나는 나대로 마음이 급했다.

꽃미남 콘테스트인 만큼 무대엔 예쁘장한 남자들이 즐비할 것이다. 그 틈에서 어떻게든 케이타를 눈에 띄게 만들고 싶었다.

콘테스트에 참여할 수많은 연예계 종사자에게도 케이타의 존재를 드러내야 했다.

매년 무수히 많은 이가 데뷔했다가 몇 년 만에 빛도 못 보고 사라지는 일이 비일비재한 이 바닥에서 케이타 역시 빠르게 잊혀가고 있었다.

이참에 많은 이들에게 케이타가 여전히 건재하다는 사실을 깨우쳐 주고 싶었다.

시선을 사로잡는 매력을 뿜어내며 무대 위에서 스포트라이트를 한 몸에 받는 케이타의 모습을 어필하고 싶었다.

케이타도 강한 의욕을 드러냈다.

나는 시내에 나가 그를 위해 양복 한 벌을 구입하고 그에게 미용실 비용을 내주었다.

어째서 그렇게까지 그를 위해 아낌없이 쏟아부었냐고 묻는다면 딱히 할 말이 없다. 그저 나 외에는 그에게 신경 써줄 사람이 아무도 없었기 때문이라고밖에는……. 내가 사다주지 않았다면 케이타는 볼품없는 양복을 입고 나서는 수밖에 없다.

그런 꼴로 대중 앞에 나서면 이미지만 깎아먹고 그나마 있던 팬들마저 우수수 떨어져 나갈 것이 자명했다.

"벌써 몇 년도 전의 일이라 날 기억하는 사람은 거의 없을 거야……."

오디션 날, 불안해하는 얼굴로 케이타가 중얼거렸다.

"괜찮아."

나는 그에게 힘을 북돋아주었다.

"고급스러운 양복을 입고 나타나 올해 그랑프리 수상자를 압도해 버리는 거야."

생각보다 출혈이 컸지만 덕분에 케이타가 일을 잡을 수만 있다면 아까울 것이 없었다.

나는 어느새 케이타에게 그 정도로 빠져 있었던 것이다.

부지불식간에 시작된 관계가 나의 몸과 마음을 모조리 잠식해 버렸다. 나는 진심으로 그가 자리를 잡기를 빌고 또 빌었다.

그를 위해서라면 돈은 얼마든지 내줄 마음이 있었다.

그러나 그래서는 그에게 독이 될 뿐이라 평소엔 필요 최소한의 경비만 제공했다.

하지만 이번은 특별했다.

케이타는 들뜬 얼굴로 양복을 멋지게 차려입은 자신의 모습을 질리도록 살펴보았다.

눈이 부시도록 새하얀 왕자님 슈트.

잔잔하게 들어간 펄이 그가 움직일 때마다 예쁘게 반짝였다.

"너무 화려한 거 아닌가?"

"조금은 화려한 게 임팩트 있고 좋아."

내가 단호하게 말하자 케이타는 고개를 끄덕였다.

사실은 실력 있는 스타일리스트를 붙여주고 싶었지만 양복 값을 내가 지불했다는 사실이 알려지면 곤란해질 것 같아 내가 직접 발 벗고 나섰다.

까만 머리에 사랑스러운 마스크를 가진 그가 은색 펄이 들어간 양복을 입자 남자인데도 요염한 매력이 은은하게 풍겼다.

어쩌면 콘테스트 입상자보다 케이타가 지나치게 두드러져 보일 수도 있다.

그거야말로 내가 원하는 바였다.

나는 그날을 위해 모든 걸 걸었다.

연예계에서 조금씩 밀려나는 케이타의 존재를 어떻게든 부각시키기 위해 그 이벤트를 십분 활용하리라 단단히 별렀다.

"어머나, 와타세 케이타 아냐? 못 본 사이 더 멋있어졌네."

그 말 한 마디면 충분하다.

케이타를 몰랐던 관객에게는,

"저 사람 봐! 너무 멋지다! 이름이 와타세 케이타래!"

그렇게 새로운 이름으로 각인되어 주길 바랐다.

머리카락을 단정하게 다듬자 케이타는 완벽하리만치 아름다웠다.

"멋있다. 노력 많이 했구나."

사랑하는 사람이 깔끔하게 꾸민 모습을 보니 가슴이 뿌듯했다.

"트로피 하나 주고 오는 것뿐인데 너무 호들갑 떠는 거 아냐?"

대기실에서 그는 나를 가만히 안고 키스했다.

"고마워, 아카리. 다 아카리 덕분이야."

오랜만에 주목을 받는 자리이니만큼 그의 얼굴도 뿌듯해 보였다.

우린 기쁨에 차 연신 서로에게 키스를 선사했다.

그때였다.

누군가 대기실 문을 두드렸다.

"……네?"

허둥지둥 케이타에게서 떨어져 문을 열어주었다.

대기실을 찾아온 이는…….

어쩐 일일까.

우리를 찾아온 사람은 오오즈카 신타로였다.

"아……?!"

"촬영이 일찍 끝나서 총알같이 날아왔지."

그의 매니저가 내게 멋쩍은 미소를 보이며 중얼거렸다.

"아무래도 나를 연예계에 데뷔하게 해준 콘테스트다 보니 어떻게든 다시 무대에 서고 싶지 뭐야."

신타로가 청량감이 감도는 얼굴로 활짝 웃었다. 하얗고 가지런한 치아가 드러났다.

"그럼 케이타는……?"

나는 뒤를 돌아보았다. 케이타는 아무것도 모르는 얼굴로 거울 앞에 서 있었다.

"미안하게 됐어. 한 회사당 출연 배우는 한 사람으로 정해져 있거든."

매니저가 깊이 고개를 숙였다.

"모처럼 준비 많이 했을 건데 미안해서 어쩌지? 신타로가 어떻게든 나가고 싶다는데 어쩌겠어……."

"알겠습니다."

나는 입술을 깨물었다.

분했지만 애초에 신타로가 맡기로 했던 일이니 그가 나선다면 케이타는 설 자리가 없다.

미심쩍은 얼굴로 문가를 살펴보던 케이타는 신타로를 보자마자 모든 걸 눈치챈 모양이었다.

신타로가 대기실 안으로 들어와,

"미안하게 됐다."

라고 말하자 케이타는 짐짓 덤덤하게,

"아닙니다. 그럼 수고하세요!"

라고 대답했다.

그걸로 상황은 종료됐다.

우리는 아무 말 없이 이벤트 회장 밖으로 나갔다. 내가 차를 가지러 가려던 순간 느닷없이 하늘이 시커멓게 변하기 시작했다.

후둑후둑 떨어지던 빗줄기는 순식간에 세찬 비바람으로 바뀌었다.

"어디서 비라도 좀 피하다 가……."

내 말이 끝나기도 전에 케이타는 빗속을 뚫고 성큼성큼 걷기 시작했다.

"기껏 비싼 양복까지 사다 입혔더니……."

하얀 양복은 비에 흠뻑 젖어 몸에 착 들러붙어 있었다.

미용실에서 세팅하고 온 머리도 이미 엉망이었다.

"빨리 타!"

나는 차를 그의 옆에 대고 억지로 조수석에 밀어 넣었다. 주차장에서 차를 빼오느라 나 역시 비 맞은 생쥐 꼴이었다. 차는 금세 이벤트 회장을 빠져나왔다.

"이게 무슨 꼴이야."

케이타가 나직하게 뇌까렸다.

"시시한 대역은 원래 주인공이 나타나면 헌신짝처럼 내버려지는 운명인가 봐."

그는 내가 건넨 수건은 거들떠보지도 않았다.

"아까 봤어? 신타로 말이야."

"……응?"

"그 녀석…… 그냥 하얀 셔츠에 청바지만 입었을 뿐인데도 빛이 나더라……."

케이타가 분한지 이를 악물었다.

"난 완전히 진 거야. 그 자식처럼 티셔츠에 청바지 차림으로 무대에 올라갈 용기가 없거든."

"케이타는 케이타만의 매력이 있어."

"애써 위로해 주지 않아도 돼. 나한테는 그런 오라가 부족해."

저렇게 낙담하면서도 연예계를 떠날 마음까지는 없는 듯해 그나마 다행이다 싶었다.

"호텔 가자."

"호텔?!"

"어차피 오늘은 이대로 퇴근 아냐? 그러니까 호텔 가서 즐기자."

"호텔이라니……?"

"러브호텔 말이야, 러브호텔."

나는 그의 말대로 고속도로 초입에 자리한 러브호텔 주차
장으로 핸들을 꺾었다. 어느 나라 왕의 별장마냥 으리으리하
게 생긴 러브호텔이었다.

방에 들어서자마자 그는 저돌적으로 달려들었다.

찢어질 만큼 난폭하게 옷을 벗겨 알몸으로 만들고는 짐승
처럼 내 몸을 탐했다.

"아카리, 내가 뭐가 그렇게 부족하지?"

비에 젖은 옷을 벗고 난 그의 살결에서 온기와 습기가 느
껴졌다.

"어떻게 하면 신타로 같은 아우라를 뿜어낼 수 있지?"

말랑말랑한 내 젖가슴을 움켜쥐며 그는 해답을 갈구했다.

"나도… 모르겠어……."

나는 눈을 감았다. 그러자 신타로의 모습이 눈앞에 아른거
렸다.

케이타 말대로 그는 굳이 꾸미지 않아도 뚜렷한 존재감을
드러내는 배우다. 무대에서도 여자들의 시선을 한 번에 사로
잡을 것이 분명하다.

"나도… 그렇게 되고 싶어."

케이타가 양쪽 손으로 각각 내 가슴을 움켜쥐며 반죽이라
도 하듯 손아귀에 힘을 주었다.

"대체 어떻게 해야 신타로처럼 될 수 있을까?"

그의 손가락이 가슴살에 파고들었다.

"하루도 빠짐없이 연기 수업을 받으면 그렇게 되나? 그건 아니지? 아무나 그렇게 되는 건 아닐 거야."

케이타는 내 몸을 더듬으며 어려운 문제에 대한 해답을 찾았다.

"케이타라면 꼭 그렇게 될 거야."

달리 할 말이 없었다.

케이타도 신타로도 큰 차이는 없다고 생각한다.

다른 게 있다면 운이랄까.

연예인에게는 운이 따라야 한다. 그것만큼은 어쩔 도리가 없다.

신타로는 승마가 취미인데 이번 역할이 마침 말을 타는 설정이었던 덕에 그는 날개를 단 듯 더 높이 날아오를 수 있었다. 운이 따라주었던 것이다.

"케이타에게도 케이타에게 딱 맞는 역할이 있을 거야."

나는 애정을 담아 그에게 속삭였다.

"정말 그럴까?"

"물론이지."

지금은 그가 가진 운을 믿고 기다려야 할 때다.

케이타는 젖꼭지를 흡입하며 허리를 맞대고 문질렀다.

"나한테도…… 언젠가는……."

그렇게 중얼거리며 분한 마음을 잠재웠다.

그의 물건이 단박에 부풀어 올랐다.

"아카리는… 내 옆에 계속 있어줄 거지?"

"물론이지."

일이 잘만 풀렸으면 수백만 명이나 되는 여자들의 시선을 한 몸에 받았을 그가 지금은 오로지 나 한 사람에게 의지하고 있다.

나는 그의 젖꼭지를 입에 물고 혀로 살살 돌렸다.

"언제나 네 옆엔 내가 있을 거니까 기운 내."

"응……"

케이타는 안심한 얼굴로 내 안으로 헤집고 들어왔다.

열기에 휩싸인 그의 분신이 내 몸을 갈랐다.

"케이타……!"

비에 젖은 머리, 물기 어린 몸으로 필사적으로 나를 끌어 안는 그가 애처로운 강아지처럼 사랑스럽기만 했다.

온 세상 사람들이 그를 잊는다 해도 나는 그가 가진 장점을 또렷이 알고 있다. 오로지 나만은 그의 이 온기를 영원히 기억하리라…….

케이타는 묵묵히, 그저 온 힘을 다해 행위에 몰두했다.

"아얏… 케이타……!"

잠시도 쉬지 않고 이어지는 그의 격렬한 동작에 등이 활처럼 세차게 휘었다.

"하앗…… 자극이 너무 심해……."

눈물이 날 만큼 황홀했다.

불규칙적으로 끊어지는 호흡도 목소리도, 그는 조금도 눈치채지 못했는지 무작정 피스톤 동작에만 열을 올렸다.

"아윽… 이제 그만……."

온몸이 덜덜 떨릴 만큼 어마어마한 자극이었다.

"하아…… 갈 것 같아!"

내 입에서 끊어질 듯한 비명이 터져도 그는 농밀한 꿀이 가득한 항아리 안에서 떠날 줄을 몰랐다.

"환상이야……."

그렇게 웅얼거리며 오늘 맛본 스트레스와 슬픔을 모두 날려 버리기로 작심이라도 한 듯 허리를 격하게 흔들었다.

"케이타……!"

나는 거의 울먹이며 그를 끌어안았다.

두 사람이 서로의 몸을 휘감으며 상대의 체온을 실감했다.

"나… 케이타를 사랑해."

나도 모르게 고백하고 말았다. 그의 입술이 내 입술을 덮었다.

"하아… 아……."

그러는 동안에도 그의 움직임은 잦아들지 않았고 내 몸에 다시 불을 붙였다.

"하앗…… 또……."

드럼을 치듯 그가 둥 둥 둥 둥 내 몸 한가운데를 노크했다.

"하아아…… 너무 좋다……."

습한 신음 소리와 함께 허리에서 바르르 경련이 느껴졌다.

또다시 도달했다.

그런데도 그는 아직 허리를 위아래로, 좌우로 움직였다.

"케이타……!"

그날은 거의 밤이 새도록 그와 사랑을 나누었다.

그로써 케이타가 입은 마음의 상처가 조금이나마 치유됐다면 나는 그걸로 족하다.

나는 그를 밤새도록 받아주었다.

그가 힘이 빠져 내 몸 위에서 긴 한숨을 토해낼 때까지…….

그날 나는 결심했다.

그를 위해 살아가기로.

그리고 사흘에 한번씩은 끼니를 챙겨주기 위해 그의 집을 방문하게 되었다.

'내가 케이타를 누구보다 멋지게 만들어줄 거야.'

그러기 위해 돈은 얼마든지 투자할 작정이었다.

'내가 반드시 케이타를 스타로 만들어줄 거야…….'

담당 배우를 스타로 만들고 싶다고 그토록 정열을 불태운 건 매니저가 된 이후 처음이었다.

지금까지 어떤 배우를 맡아도 이 정도로 진심으로 성공을 바란 적은 없었다.

케이타가 스타가 되기를 바랐다.

그를 스타로 만들기 위해서는 뭐든지 할 생각이었다.

그래서 나는 그의 프로필 사진을 들고 어디든 가리지 않고 뛰어다녔다.

그러던 어느 날, 사장의 호출을 받게 되었다. 한달음에 달려가 보니 방송국 드라마 제작국의 부장이 사장과 마주보고 앉아 있었다.

"처음 뵙겠습니다."

그는 명함을 건네며 케이타를 한번 만나보고 싶다고 말했다.

"실은 지난번 받은 프로필 사진을 봤어요. 우리 제작국에서 이번 분기에 새로 들어갈 미니시리즈가 있는데 역할 하나가 케이타 군에게 딱 어울린다 싶어서 말이지요."

부장은 미니시리즈에 대해 간략하게 설명했다. 호스트 클럽을 배경으로 한 이야기인데 그중 호스트 역할이 케이타에게 맞을 것 같다는 내용이었다.

'이번에야말로 케이타를 유명하게 만들고 말겠어!'

케이타가 얼마나 기뻐할지 떠올리자 가슴이 벅차올랐다.

『친구의 여자』 완결

애절함과 자극이 있는 사랑의 여러 가지 형태.
국내 첫 전자책 관능로맨스 레이블

앙인 AIN Fin for Female Bust Novel

매월 15일, 각종 전자책 사이트에서 발간!

형의 여자
금단의 사랑

왕 선생의 치료실
당신을 여자로 만들어 드립니다

꽃미남 구르메
두근두근 먹거리 기행

아가씨 메뉴얼
S계 집사의 아가씨 교육법

아인-핀 프리미엄 시리즈   엄선된 관능로맨스 작품이 매월 10일 단행본 발간!

애절함과 자극이 있는 사랑의 여러 가지 형태.
국내 첫 전자책 관능로맨스 레이블

매월 15일, 각종 전자책 사이트에서 발간!

금단의 사랑

형의 여자

나이토 미카 글 | 사에키 포테리 그림

김채환 옮김

아침 햇살에 눈이 부셔 잠에서 깨,
가장 처음 본 것은 사랑하는 연인
유우토(悠人)의 얼굴.
연인과의 행복한 주말이 영원히
계속될 줄 알았던 히나타 앞에 돌연,
시골에서 올라온 그의 동생 쇼타(翔太)가 나타난다.
배우를 꿈꾸며, 대뜸 형과 함께 살겠다고 선언하는 쇼타.
평화로웠던 연인의 관계에 약간의 방해라고 생각했는데, 시간이 지날수록 쇼타는
히나타에게 흥미를 보이며 히나타와 유우토 사이에 파란을 일으키려 하는데……

일본 최대 전자책 사이트 〈코믹 시모아〉 TL 부문 1위 작품!
모바일 소설계의 여제, 나이토 미카 작품 첫 한국 단행본 출간!

아인-핀 프리미엄 시리즈
엄선된 관능로맨스 작품이 매월 10일 단행본 발간!